"听，谁的命运在高声呼喊，使我全身每一根细小的血管都像铜丝一样坚硬。"

每当我听见这句铿锵激越的高声台词，都忍不住血脉偾张，犹如电击火炙。这不是戏剧，而是人生，是一个人下定决心迎向未知的命运、应对疯狂的世界。

——孔笑微

听谁的命运在高声呼喊

孔笑微 著

上海三联书店

目 录

历史狂想

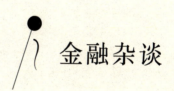

金融杂谈

金土罌粟

漫谈纳粹德国的兴起与华尔街金融集团

上帝保佑打败仗的人民

20世纪20年代初，一战硝烟远去未久，古老的德国笼罩在一片几乎毫无希望的风雨凄迷中。人们尚未来得及摆脱战败的沮丧和羞辱，严峻的生计问题就紧逼了上来。德国在战争中丧失了总人口的10％和将近七分之一的土地，换来的是1320亿金马克的赔款，仅1921年的数额就是德国商品出口总值的四分之一。德国拿不出这笔钱，法国就伙着比利时，毫不客气地进占了德国经济命脉鲁尔工业区，是为"鲁尔危机"。正倒着霉的时候，你往往想不到有一天还能更加倒霉，于是手忙脚乱的政府采取了千古不变的饮鸩止渴老办法：增发纸币。

真正的灾难开始了。

随着印刷机全速开动，1921年1月31日，世界金融史上前所未有的恶性通货膨胀，如同张开翅膀的死神，扑向了已经奄奄一息的德国经济。美元与马克的比率从1921年1月的1：64，到1923年11月崩溃为1：4200000000000。如此骇人的程度，即使到今天，也只有1946年的墨西哥、匈牙利和1949年的中国可以相提并论。

到了这个地步，德国的日常生活可想而知。薪水得按天给，要不然到了月末你会发现本来买面包的钱只能买面包渣了。发工资前大家都要活动一下腿脚，准备好起跑姿势，钱一到手，立刻拿出百米冲刺的激情和速度——冲向市场与杂货店。腿脚慢点的，往往就难以买到足够的生活必需品。农产品和工业品生产都在急遽萎缩，市面上商品短缺，唯一不缺的就是钱，纸钱！没有购买力的纸币像没有生殖力的性器官，叫人想着就伤心，孩子们在街上大捆大捆地拿它们堆房子玩。1923年《每日快报》上刊登过一则逸事：一对老夫妇金婚之喜，市政府发来贺信，通知他们将按照普鲁士风俗得到一笔礼金。第二天，市长带着一众随从隆重而来，庄严地以国家名义赠给他们1000000000000马克——或者半个便士。

对于德国的悲惨境地，它一战中的对手们反应并不一致。老对头法国自然是盼着这个强邻兼宿敌越倒霉越好，在赔款问题上咬紧牙关毫不让步；苏联因为社会制度被西方排除在战后的"凡尔赛－华盛顿体系"之外，割地赔款全没它的份儿，又刚刚跟波兰打了一场败仗，希望借助德国的先进军事经验，1922年开始就与德国秘密合作（结果是搬起石头砸了自己20年后的脚）；英国秉承一贯的老奸巨猾，继续"均衡势力"品牌之大陆政策，不希望德国过分削弱而使法国坐大。小国家们有的内部爆发民族革命自顾不暇，有的在老大中间小心翼翼找个位置坐下观看演出，有机会也诈点汤喝喝。

战败者付出代价，古来皆然。历史上没事就打来打去的欧洲，利益变幻翻云覆雨，沾亲带故反目成仇，一千多年下来戏码反复，不过如此。

然而，这次的确有点不同。

现在的人们讨论一战远远没有二战兴趣浓厚，但是事实上，今天国际关系和文明准则的基础，大部分是由一战奠定的。从某种意义上来说，第一次世界大战真正摧毁了传统世界的根基，而二战是一战遗留矛盾的延续和清算。如果说从前欧洲的战争是国王和贵族的战争，那么一战就是第一次现代意义上国家之间的战争，从它的政治根源、战争动员、兵役体制和战后安排上，无不体现出鲜明的现代国家主义特点。不管主动还是被动，战争成为全民对国家事务的参与，惩罚也成为有理论依据的全民责任。这样，人们难免要反思一下，打了这个仗，对每个人来说意味着什么？

另外，通过一战，人类在自相残杀方面的创造力表现得没有最强，只有更强。在凡尔登的绞肉机和索姆河的坦克面前，19世纪天真的乐观情绪，对主流古典人文主义的自信土崩瓦解。新的思潮纷纷登上舞台，直截了当，冷酷无情，与这个铁血强权的时代宾主相得一拍即合。

潘多拉的盒子打开了，古老的欧洲现在到处都是打碎的坛坛罐罐，德国的巴掌挨得最响亮，然而他们要报复的并不仅仅是从普鲁士时代延续下来的那些敌人们。在这个产生过无数哲学巨人的民族，思考活动一向壮丽而可怖，短暂的痛苦过后，将化身为钢铁的洪流，无论邪恶还是野蛮，它是从我们自以为是的文明中生长出来的，我们前所未闻，目瞪口呆。

完成这个过程，它需要的只有一种力量：金钱。

1923年11月，德国发生了两桩对历史有深远影响的事件。

第一件是阿道夫·希特勒发动了以失败告终的慕尼黑啤酒馆政变。尽管此前他爱国愤青的风头一时无二，甚至原陆军总司令、德高望重的鲁登道夫将军都稀里糊涂地被拉上了他的检阅台。在德国普通人眼里，恐怕这位热血沸腾的老兄当时也和一个比较抢镜的行为艺术家差不了多少。在这个动荡不安的年代，又何尝缺乏大胆冒险的事件和昙花一现的赌徒呢？于是未来的元首只好郁闷地在监狱里写他的"奋斗"。比较有趣的是，希特勒提到了他对通货膨胀及其原因的看法。

> 政府镇定沉着地继续印发这些废纸，因为，如果停止印发的话，政府就完蛋了，因为一旦印刷机停止转动——而这是稳定马克的先决条件——骗局马上就会暴露在光天化日之下。……如果受惊的人民注意到，他们即使有几十亿马克，也只有挨饿的份儿，那他们一定会得出这个结论：我们不能再听命于一个建筑在骗人的多数决定的玩意儿上面的国家了：我们需要独裁。

从这段有意思的话里头，我们能够看到古往今来煽动艺术的精髓。平心而论，希特勒确实颇有几分洞察力，他看出马克的疯狂贬值被有意利用来应对外债（赔款是用马克计算的），政府也的确难辞其咎，然而由此得出结论——"民主不如独裁"就莫名其妙了。煽动的诀窍偏偏就在于此，观点必须够震撼，论据必须够彪悍——从论据到论点到底是什么逻辑，基本上就没多少人注意了。不信你看看史料，从教皇的十字军演讲，到姚文元的大批判文章，莫不多有印证。

同时发生的另一件事，可要比那位退役下士的表现有吸引力得多。甚至可以说，停战以来，德国人民第一次听见了好消息。

持续将近三年的恶性通胀，在1923年底开始得到缓解和控制。

历史学家们将这个功绩与1923年11月的一个任命联系起来：46岁的德意志帝国银行董事亚尔马·贺拉斯·格里雷·沙赫特被任命为国家货币流通专员。

帝国银行里的华尔街精英

亚尔马·贺拉斯·格里雷·沙赫特，25年之后这个名字将出现在举世震动的纽伦堡审判的法庭上，在20世纪的欧洲金融史上，无论从正面还是反面，这注定是一个无法绕开的名字。

沙赫特1877年1月生于特因利夫（原属德国，现属丹麦），父亲是德裔美国公民，母亲是丹麦裔。他的父亲为纽约公平信托公司工作了将近30年，亚尔马之所以在德国而不是美国出生，只是因为他母亲当时患病必须全家回德国治疗。和今天的众多移民一样，老沙赫特觉得美国的月亮特别圆，为了聊表对第二祖国的热爱之情，居然把一位美国反蓄奴制政治家的名字嵌进了儿子的姓名中间，这就是他奇怪的中间名的来由。在日耳曼的命名方法里，中间名本应是父名和祖父名，父亲这个独特的做法如同一个奇异的预言，在他的一生中深深刻下了难以磨灭的美国印记。

小亚尔马聪明而勤奋，具有德意志历史上那些百科全书式学者的天资气质，他先后专门学习过医学、哲学和政治科学，年仅22岁就得到了博士头衔。年轻的沙赫特博士继承父业，进入德雷斯顿银行。他本人出众的能力加上老头子在金融界广泛的人际关系，沙赫特一帆风顺，很快成为引起关注的金融精英。1916年，他成为德国国家银行的董事之一。1923年，沙赫特临危受命，拯救灾难中的德国货币流通体系。

货币崩溃的根源在于沉重的赔款负担，沙赫特当然清楚，一切金融改革的举措如果不解决好这个问题，只会引发更可怕的动荡。他上任之后，立刻从两个方面齐头并进：一边寻求外国金融资本的支持，一边改革货币，用新的地产抵押马克（Rentenmark）取代极度滥发的旧马克。

那么该向谁寻求帮助呢？哪个国家有能力又有意愿帮助德国呢？欧洲的邻居和对手们要么心怀叵测，要么自己也穷得够呛，沙赫特也根本不指望它们，他的目光越过浩瀚的大西洋，精准地投向了自己的精神故乡——美国。

一战最重要的后果，既不是霍亨索伦、哈布斯堡、罗曼诺夫三大欧洲王室的垮台，也不是共产主义革命的兴起，而是美国作为国际经济政治关系中最强有力，甚至决定性的一端，羽翼丰满，开始闪亮登场。巴黎和会和国际联盟提供了它的出场秀，然而要真正深化美国对世界的控制能力，向欧洲大陆的经济渗透是一个重要途径。德国伸过来的求援之手，与华尔街的金色魔杖一拍即合。

二十年代的华尔街，宛如现实版的迪斯尼乐园，不断在狂欢的气氛中迎来繁荣奇迹，几大主要银行财团积累下来的资本迫切要向外扩张。马克思曾有言道，300%的利润下资本就敢冒上绞架的危险。绞架尚且不怕，何况区区一个德国。1924年，以美国银行的查尔斯·道威斯为首的委员会推出了"道威斯计划"，1924—1928年内总计八亿美元贷款流向德国，帮助它偿还凡尔赛条约的赔款，利息收益直接投资于德国市场。同时，国联调停法比两国撤军，接管鲁尔工业区。

时来天地皆同力，沙赫特一旦心中有底，立刻果断地行动起来，用国家银行黄金储备为基础的新马克，以一比一万亿的悬殊比率兑换旧马克，到1924年8月这个过程基本完成，马克汇率开始在国际市场上稳定下来，国际投机者逐渐停止了对它的攻击。折磨德国的漫长通货膨胀结束了，乱云犹飞，千山已渡，特经此一役，沙赫证明自己不愧为金融奇才！

1928年，沙赫特率领德国国家银行代表团，与美国为首的国联赔款委员会谈判签订了"杨格计划"，它是道威斯计划的延续，德国每年只要付赔款额的三分之一，剩下的部分可以推迟。1929年世界经济危机爆发之后，胡佛总统干脆提议暂停德国赔款的90%。等到1933年纳粹上台，就压根儿一分钱都不给了。

道威斯计划和杨格计划背后，都站着华尔街金融巨鳄 J. P. 摩根的庞大身影。道威斯计划，据美国乔治华盛顿大学国际关系教授卡罗尔·奎格雷的研究结果，"很大程度上是一个 J. P. 摩根产物"，而杨格计划的代表团里，直接列入了小 J. P. 摩根和雷曼兄弟的大名。这两个计划最大程度保证了美国金融资本的利益，在1933年分业法案之前，像摩根这种巨无霸的金融恐龙一手控制信贷，一手承销证券，去了德国的贷款在华尔街发行成债券，巨额佣金收入滚滚而来，像金雨一样幸福地淋在华尔街精英高贵的脑袋上。

然而，道威斯和杨格计划的另一个结果却是双方始料未及的。那就是"迅雷不及掩耳盗铃之势"的美国资本赤裸裸占领了德国实业界，将德国私人资本严重排挤出去。一方面，德国中小企业破产，实业资本流失，造成了大面积失业，刚刚稳定的经济又面对考验，大家伙出得狼窝再入虎穴，使纳粹的蛊惑宣传有了民意基础；另一方面，美国资本集中在电力、钢铁、化工几个大的行业中，大展拳脚滚雪球，恰恰是这里生长出的垄断寡头，为希特勒的竞选活动提供了主要资助，进而为他发动的战争提供经济支持。

从沙赫特其人来看，他与华尔街的渊源明显而深刻，他父亲就职的纽约公平信托公司就是被摩根财团控股的。早在1905年，他随同德累斯顿银行董事会访美时，就会晤过 J. P. 摩根本人。他英语说得与德语同样流利，以至于几十年后对他的审判是采用英德双语进行的。从广义上讲，沙赫特是以华尔街为代表的国际金融精英圈子里的一分子，一个"大人物"。资本没有国家之界，只有利益之别，资本家何尝不是一样？纽伦堡法庭上，只有三个被告指控没有成立，当庭释放，当过纳粹财政部长和中央银行首脑，为整个战争筹集资金的沙赫特就是其中之一，苏联代表尖刻地指责"资本家永远不会受惩罚"，此言未必正确，但西方对他的偏袒却毋庸置疑。

然而，20世纪20年代离沙赫成为沟通华尔街金融集团和纳粹德国核心圈子的关键人物，尚颇遥远，就是说起来都匪夷所思。那个粗俗的流浪汉出身，政变未遂的小头目？大概他连帝国银行的门往哪儿开都没搞清呢。在这些衣冠楚楚手握经济命脉的绅士们中间，谁会给他一个正眼呢？然而历史的魅力就在于此，昨日言犹在耳，今朝沧海桑田；聚光灯下，王子与贫儿的游戏不断被命运慷慨刷新，只不过每次付出代价的，永远都是黑暗里的芸芸众生。

资助希特勒的工业寡头们

国王死了，国王万岁。此时一战勇士穷途潦倒，二战豪杰尚未登上舞台，灯光下活跃的是一批当代英雄。德国需要钱，华尔街需要能赚更多钱的钱。货币和货币的交流没有语言、文化、制度、历史种种障碍，是世界上最亲密无间直截了当的尔虞我诈。

1924年到1933年，在道威斯计划和杨格计划之下，通过华尔街的国际财团流入德国的贷款总额为330亿马克，其中的最大三笔款项，分别建立和帮助了三家大工业卡特尔。

"卡特尔"这种垄断形式最早就源于德国，词根也是德语，指的是把小生产厂家由统一定价限量的协议联合起来，控制某一种行业的整个市场。美国的资本进来之后，很快就看中了这种垄断形式。银行家们的操纵方法很简单，控股其中最强的一个或几个企业，让它们在一两种基本产品上占绝对优势，进而控制整个卡特尔。

这三家卡特尔分别是德国总电力公司（A.E.G）、联合钢铁、I.G. 法本，它们分别控制了电力、钢铁和化工行业，把握了德国的工业命脉。到1937年，联合钢铁和I.G. 法本生产的爆炸物加起来占全国总量的95％，著名的克虏伯军火公司也在它们控制之下。这个不仅得益于美国贷款，还有美国的技术。美国的投资者直接进了它们的董事会，战后他们都没有因为给希特勒政治献金受到审问。

这三个卡特尔的美国债主和经手人皆为华尔街银行中最显贵的名字：狄龙·瑞德（Dillon Read）、哈里斯·福布斯（Harris Forbes）、国民城市银行（National City）、公平信托公司（Equitable Trust Company）……

美国资本促进了德国工业的迅速卡特尔化，为希特勒上台提供了经济环境和金钱资助，这个结果本身也被上台后的纳粹当作大好经验继承下来。纳粹的经济政策很重要的一部分就是在工业界大搞卡特尔，用巨额订单喂养它们，整合出几个高效又听话的巨型战争齿轮来，纳粹党人可从来不是自由市场经济的 fans。

1930年，希特勒赢得了选举中的第一次胜利，取得107席，成为德国议会第二大党，此时他的周围也慢慢聚集了一些有头有脸的人物，包括他的早期资助者，上面提到过的卡特尔——联合钢铁老板弗里茨·蒂森，以及鲁尔煤矿大王埃米尔·寇道夫。这些工业家之所以靠近希特勒，是因为他强烈支持禁止罢工和工会活动。

老鼠和猫，钱和选票，一样都不能少。希特勒转身讨好工人用的许诺是消灭失业，提高福利。这个诺言当时听来格外动人，因为1929年从美国开始，席卷世界的经济危机爆发了。

经过六年的资本输出，现在德国总共欠了美国70多亿美元，整个国民经济高度依赖美资。华尔街一崩溃，银行出现挤兑，开始从国外急调资金回国，多米诺骨牌效应立刻把德国拉进了深渊，生产收缩，失业率骤增。那边凡尔赛赔款还没完呢，杨格计划规定每年必还的那三分之一，是用商品消费税保证的，结果结结实实转嫁到了民众身上。末世而妖言用，本来希特勒的极右翼主张在主流社会总是被当作笑柄，现在却有不少人真的追随他了，希特勒的煽动迷人之处在于简单直接——不还钱！赔款和债务是由这些外国资本家、犹太佬和卖国贼造成的，老百姓凭什么负责？

然而，听得热血冲脑，怒发冲冠的人们哪里想到，希特勒这时正在紧锣密鼓想办法扩大外国资本对他的支持。仿佛命运在冥冥之中的安排，就在他选举胜利的前几个月，亚尔马·沙赫特博士从德国国家银行主席的职位上辞职了。

沙赫特辞职和杨格计划后续谈判中与政府的摩擦有关，他对政府做出的一些新让步十分不满，在没有通知政府的情况下，他给小J. P. 摩根写了一封信威胁要退出巴塞尔的国际结算银行。这封信在英国报纸上发表后，德国政府感到大为震惊和丢脸，财政部长公开和他闹翻了，在兴登堡总统的压力下，沙赫特愤然辞职。

这次离职对沙赫特的影响是微妙的，首先深觉羞辱，他是第一个没到任期就被赶下台的帝国银行主席；同时也委屈和愤怒，且不说当年力挽狂澜拯救通胀的功劳，就是这两年领着谈判队伍，寸土必争一条一条争取到的利益被政府漠视，也让他觉得寒心。他离职后马上去了美国，应邀在各大学里演讲，会见各界名流尤其是华尔街的同事，抨击凡尔赛条约，鼓吹德国经济复兴。就在这次旅途上，沙赫特读到了《我的奋斗》。

尽管他评价希特勒的文笔在糟踏德语，但是对里面表达的观点却心中一动。软弱无能的魏玛政府不再让他寄托希望了，那么换一剂猛药如何？

1930年底，沙赫特会见了纳粹党二号人物戈林，1931年初，在精心安排下，沙赫特在戈林的别墅会见了希特勒。

据沙赫特回忆，在这次会面里，希特勒表现得"真诚而谦虚"，他的自信和敢于行动的决心给人留下印象，滔滔不绝的口才也名不虚传。但沙赫特是何等阅人无数老奸巨滑的人物，怎么会被希特勒那套古怪混乱的理论忽悠了去呢？

答案似乎出现了一点影子，1931年春天，沙赫特会见希特勒的新闻在金融家圈子里不胫而走，人们猜测他政治上向右转的同时，还大胆预测他要借助纳粹的力量竞选下一任德国总统。沙赫特自己的话也加剧了这种猜测，当他的朋友，一位美国女记者问他会不会帮助纳粹统治德国经济之时，沙赫特回答："不，纳粹不会统治，但我会通过他们统治。"

共谋！考察每一个历史关键时刻的背后，各种目的与意志盘根错节纠集在一起，我们看到的只不过是一个合力的表现。希特勒、沙赫特、投票给希特勒的德国老百姓还有与纳粹合作的美国资本家，都怀着各自目的处于合力当中。能造时势的英雄，就是在这个巨大的拼图游戏里有幸拿到最后一块图版的人。

不管出于良好的愿望还是勃勃的野心，在历史的转折关头，沙赫特帮希特勒弄到了那块最后的拼图。

1931年之后，沙赫特开始运用他的声望、人脉和杰出的理财本领，为希特勒经营竞选资金。1932年11月，沙赫特成功发动了一次德国工业和金融界大规模联名上书，由他领衔，要求兴登堡总统任命希特勒为帝国总理。1933年1月底，希特勒戏剧性地上台，2月宣布竞选总统，沙赫特为他组织了一个晚会，在他的惊人能量作用下，与会者涵盖了工业界的大部分巨头，包括 I. G. 法本及其美国分公司、克虏伯军火公司、总电力公司、德国汽车协会、联合钢铁公司、电报电话公司，当场筹资300万马克。希特勒在财运上终于告别诸多蝌蚪，遇见了一群牛蛙。这笔钱十分阔绰地解决了竞选资金问题，选完之后还剩了大约60万。

除了筹资，更重要的是，这是一个显著的信号，表达了德国工业寡头，以及站在背后的美国金融资本对希特勒上台和进一步统治的认可。就拿占总献金额30%的法本（如果再加上它的美国子公司就占45%了）来说，此时它的董事会包括了华尔街和美国实业界最显赫的一批人：福特汽车公司的老板、纽约联储银行的董事、新泽西标准石油公司的董事、曼哈顿银行总裁，以及弗兰克林·罗斯福温泉基金的主席。

风雷变，鱼龙惨，魏玛共和国就这样不知不觉走到了尽头，这个夹在两个铁血帝国时期之间，德国历史上罕见柔仁的民主共和国，既生不逢时又先天不足。它失败的最深刻的根源，是它始终建筑在一个极不稳定的经济基础上：畸形的资本结构，沉重的外债负担，脆弱的货币体系，以及中小企业和国内贸易传统的破坏，使任何一点经济波动都有可能引发灾难性的动荡，最后摧毁上层建筑。从《魏玛宪法》到希特勒上台，它的民主从最完善的文本开始，以最糟糕的实践结束。在历史的吊诡里，人们看到开头却总是猜不中结局，国会大厦沉重的阴影倾斜在柏林夕阳下，犹如共和国无声的挽歌，的确，它作为殉葬品的命运也很快就要宣判了。

谁在为战争预支订金

国会纵火案为魏玛共和国钉入了棺材的最后一颗钉子，1934年8月2日，兴登堡总统去世，孤独而衰老的帝国元帅在风雨飘摇中撑了很久终于还是放弃了，漫长的高寿并未给他带来荣光。现在希特勒坐在总统府里，正在对老总统留下的遗嘱——复辟霍亨索伦王朝嗤之以鼻，他的最新头衔是元首兼国家总理，在这个国家和这个世界上，再没有任何人能阻止他全速开动国家机器，实现他壮丽而恐怖的千年帝国之梦。

老朋友得到了回报：就在同一天，沙赫特博士被任命为经济部长。在此之前，他已经回到帝国银行那间熟悉的主席办公室，把三年前替代他的鲁泽博士赶到了国外当大使。卷土重来如此之迅速，使当初黯然去职的心情都变成了欣慰的回忆，他证明了德国多么需要他，并且凭经济学家的本能开始为一个全新的舞台摩拳擦掌。

华尔街故人无恙否？他们用什么眼光看待这件事呢？

1933年11月，在荷兰突然出现了一本小册子，其中有一位名为西德尼·瓦伯格的银行家与希特勒的数段对话，里面披露了美国最顶端的工业家和金融家，包括洛克菲勒与亨利·福特，在希特勒上台前后，通过 J. P. 摩根与洛克菲勒大通银行集团向他提供了数额达到3200万美元之巨的资助。这本书在1934年就立刻被查禁了，它所影射的法本公司美国和德国的董事瓦伯格兄弟（就是今天"瑞银华宝"里的华宝）也矢口否认和这本书有关，但是，书中翔实的细节却和很多现实资料一致，遂成疑云，这普遍被人们认为是华尔街的银行家与纳粹合作的一项佐证。

希特勒的上台令民主世界舆论哗然，1933年5月沙赫特访问美国，还没下船就被蜂拥而至的美国记者包围起来，围追堵截质问他对反犹暴行的看法，沙赫特被烦得罕见地大发了一次脾气，把记者递给他的一份《纽约时报》狠狠扔在了甲板上。开头不妙，他的使命看起来前途暗淡。沙赫特是来要求推迟支付美国银行贷款的，大萧条已经持续了三年多，罗斯福新政福祸未卜，谁的日子都不好过，美国政府和华尔街还能像前几年一样好说话吗？

莎士比亚说过，别借钱给你的朋友，要么你会失去钱，要么失去朋友。沙赫特这次又赌赢了，美国选择了前者。一方面，美国资本已经在德国陷得太深，太多利益攸关彼此纠缠；另一方面，德国重整军备扩大采购的过程，对美国经济恢复是一个良好的刺激。至于买了军火要对付谁？反正不是美国。沙赫特博士给了一个多么容易理解的理由啊，"如果德国能够获得它自己的原料而在经济上得到发展，这只会有助于刺激一般的世界贸易。它将帮助增加消费，促进繁荣，不仅提高德国人民的生活水平，而且将提高整个工业世界的生活水平"。沙赫特甚至还把反犹行为的原因归于"一个民族处于经济绝望和可怕困境时的表现"，并且保证"一旦德国享有公平与繁荣后，这些表现就会完全消失"。[1]

罗斯福总统对沙赫特印象并不好，他觉得对方傲慢自大；对希特勒也非常不感冒，就在沙赫特访问结束的时候，他还几乎故意任命一位犹太人去柏林当大使。但是令人遗憾，罗斯福在他第一任任期里，与绥靖主义者的主张并没有什么本质分歧。在他的施政纲领中，国内经济是第一位的，对外交只简单提一个"睦邻关系"，保住拉美后院不起火足矣。这不仅仅为了迎合孤立主义势力，罗斯福本人也是一个灵活的务实主义者，并不介意握脏了手，他上任不久就和苏联建交了。让欧洲自相钳制，何乐而不为呢。

1933年8月，美国银行协会同希特勒德国就贷款问题进行谈判。美国银行同意德国延期偿还以前的贷款，并且保证今后美国在德国的资本和产业的全部收入只在德国使用，并用此来兴建新的军事企业或者改建原来的军工企业。

纳粹德国没有食言，作为一个好胃口的买家，立刻把这些

---

[1]　引自沙赫特在《外交事务》上的文章。

延期支付的贷款派上了用场，从1933年到1939年，在德国为第二次世界大战做准备的六年时间里，杜邦财团与化学公司、洛克菲勒财团和美孚石油公司、摩根财团及它控制的电报电话公司、福特汽车公司（亨利·福特本人由于与纳粹的合作还得到了大十字德意志雄鹰勋章）争先恐后跟德国签下了巨额的战略原料和军工项目的订单。仅仅飞机一项，1934年八个月中美国对德国的出口数量就比1933年增加了不止五倍。1933年到1939年间，在纳粹德国的军事机构中营业的美国公司超过60家。

美国在技术输出贸易上也毫不含糊，杜邦公司通过 I.G. 法本把氯丁橡胶和飞机防爆剂的技术卖给德国；坦克润滑油的技术是从美孚石油公司得到的；希特勒发展空军的重要帮助来自于美孚在德国设立的一家飞机专用汽油厂；电报电话公司参加了德国新型飞机的研制。后来在战争中，连美国的海军部长都承认是美国向希特勒提供了最先进的飞机发动机。

一个不可思议的诡异循环出现了，华尔街借出去的钱，被希特勒拿过来，从华尔街金融资本控制下的工业托拉斯购买军火和技术，得到的利润又用于向德国的军工行业继续扩大投资。金钱的血液周而复始不分昼夜地流动着，结果是一端生长出了武装到牙齿的德国军备，另一端美国的诸多庞大工业帝国，在艰难时世中维持甚至扩大了生产和市场，罗斯福新政能够奏效，也未尝不对此多赖借助。

然而真有这么轻巧的双赢吗？世界上没有任何事情是无缘无故发生的，哪怕是从天上掉下来一块陨石也不例外。人们永远没有完全决定眼前事务的能力，路径依赖的力量常常比想象中大得多。美国与德国战前资本融合的惯性，一步步导向如今的政策，不是当政者不懂养虎遗患、尾大不掉，谁都知道希特勒是什么人，但是形势如此，加深这种合作关系比破坏它更为理性。经济学家梅纳德·凯恩斯说破了残酷的真理："在长期中，大家都死了。"千年田易八百主，所谓长期打算、远大目光往往成了政治家的高调，立竿见影的利益却是人人难以抗拒。金融资本的盲目性尤其明显。金融市场上每一天都在用贴现率表达着它的价值，今天能挣的钱就不能留到明天，活在当下是华尔街唯一永恒的真理，其他的，包括战争，都可以往后放。20世纪末东南亚金融危机之后，各国对经济安全人人自危，殊不知金融资本从来就是见血就上拔腿就跑，不择手段不计后果的角色。

既已暗渡了陈仓，就不怕明修它栈道。德国撕毁凡尔赛条约，恢复普遍兵役制，扩充常备军，进入莱茵非武装区。美国对此听之任之，生意做得更加热火朝天。其实别的国家又何尝不是一样呢？英国和德国也有合作，并且是美国的一个主要竞争对手，对这些举动不过嘴上谴责一下。法国虽然是德国的传统敌人，但是战前正赶上右翼上台严防共产党，外加殖民地麻烦一大堆，还指望着希特勒对付苏联。回望第二次世界大战爆发的前夜，我们会目瞪口呆地看到美、英、法、苏争相和自己未来的侵略者眉来眼去，比赛着为它添砖加瓦的奇异景象，希特勒不打这场战争简直都对不起老天的眷顾。

像最深沉的梦魇，清醒者无法动弹地看着深渊越来越逼近，又像一场荒诞派戏剧，各方势力挤在十字路口等待自己的戈多。经济复兴？遏制共产主义？均衡的欧洲？互不侵犯？

戈多没有来，来的是希特勒。纳粹德国带着华尔街的金钱，美英的技术和装备，苏联训练出来的军官，揭开了第二次世界大战的序幕。

镀金时代的秘密

纳粹德国的"复兴奇迹"一直是第三帝国 fans 津津乐道的题目。希特勒以前的内阁总理换来换去，愿许得真不少，每次但听环佩响，不见美人来；佳人不来，也就罢了，可是今天通胀明天衰退加上还不完的外债，来的都是这种牛鬼蛇神，真叫人无语凝噎。希特勒上台四年，失业率从高于30%下降到几乎为0，国民经济总值增长超过100%，同时完成了全国高速公路网的建设，重整了重工业基础体系，还装备了一支现代化军队。如果你看过莱妮·里芬斯塔尔那部著名的《奥林匹亚》，一定会对1936年德国综合国力和精神状态留下深刻印象，那响彻云霄的欢呼，如林屹立的手臂，气势宏伟的建筑，健美如神祇的运动员，无一不暗示着隐然志在天下的实力与霸气。希特勒的个人威望也达到了顶峰，他甚至不再需要早年那样的演讲才华，只消在公共场合露露小脸，成千上万群众就宛如自动催眠一般立马如醉如痴。

那么，如果这时候希特勒有幸意外死亡的话，是不是就"生得伟大，死得光荣"，然后以民族救星的形象名垂青史？

希特勒是如何创造经济奇迹的呢？

对比希特勒政府和罗斯福政府在1933年之后的经济政策，不难发现它们何其相似乃尔。同样的国家干涉、兴建公共项目、发行公债、贬值货币、扩大卡特尔组织，甚至连名字都差不多，罗斯福的叫"新政"（New Deal），希特勒的叫"新计划"（New Plan）。诚然，在世界范围经济危机条件下，大家面对的问题大同小异，比较行之有效的也无非国家垄断主义那一套。然而，同样的照方抓药，各国家底不同，人家吃独味人参，你可能只弄得起点参须，贾府的方子刘姥姥看了也是干瞪眼。美国的广阔幅员、丰富资源、生产潜力没有一条德国能望其项背，这且不提，单单说通货这一块，它就是一战最大的获利者，加上一贯的高关税保护政策，资本对外扩张多年带来的惊人收益，它的国际收支平衡表和战后年年赔款的德国怎么比？有黄金和外汇的保障，人家可以搞货币贬值而不引起通货膨胀，可以玩赤字游戏而不导致财政破产，换了你行吗？

摆在经济部长沙赫特博士面前的就是这样一顿无米之炊。

然而，和十年之前一样，这个老巫师如同听到召唤的战马，再一次奔向危机时刻的舞台，一样的雄心勃勃，一样的自信不疑。他的确带来了新节目，电光火石间只见他在国际经济舞台上纵横捭阖，原汤化原食，空手套白狼，一系列动作令人眼花缭乱——"德国欠你的钱越多，你就越想和它做生意。"——沙赫特用魔术般的手段创造了信用。

在一个基本没什么财政准备金的国家里干事，只能使上点无中生有的办法，这个"生"法有文的，也有武的。武的就是明抢，只不过大盗剪径变成了国家没收，受害者自然是可怜的犹太人；文的就不那么简单了，沙赫特一开始必须有节制地使用印钞机来启动。

我查阅的中国史料中，有限地提到沙赫特的几次，大多都说他为了重整纳粹军备，怎么热衷搞通货膨胀，仿佛他是个金融狂人。这个印象之由来，以作者自己的猜测，可能和当年的中央银行主席孔祥熙博士有关。他1937年拜访沙赫特，对军备资金问题交谈之后，大概自以为深受启发，抗战后期也效仿人家搞货币增发，结果演砸了，真的变成了通货膨胀。孔博士虽然堂堂名校"海龟"，贵为两位国家元首的连襟，理财的本事还是比不上敛财的本事。沙赫特开动过印钞机是不假，但是他的政策总体上却是紧银根的，这意味着严格控制物价和外汇汇率，而且将大量增发的银行券用在非生产领域，也就是基建和军工，尽量减少对一般市场流通的压力，比如著名的"米福"（Mefo）军用券，就是由国家保证，专门支付军火商的，由银行秘密贴现，不入财政报告。这种办法兼顾了解决就业、不造成生产过剩和军事保密要求，将"拖"字诀发挥到了极致。

沙赫特所创造的信用奇迹还包括，为了避免外汇流失，他同几十个国家谈判达成了（对德国）"惊人有利"的物物交易（夏伊勒语）。到1936年中期，德国已经建了28个清算协定，在与这些国家贸易中，德国用马克支付进口款项，并把款额与该国购入德国制成品的款项保持齐平，这样，这些依赖德国市场的国家（大多是南欧和美洲的原料输出国）没有办法，为了清算马克欠款，只好允许德国继续购货。

沙赫特在"新计划"期间之卖力，确实有几分"士为知己者死"的味道。为了给德国弄到更多外汇，他甚至不惜损害自己在国际金融中的信誉，在进口商品以后千方百计阻挠付款，或者代之以物物交换，连华尔街的老朋友都在指责这种"金融强盗行径"。

可是，随着时光飞转，随着军队强大起来的脚步，这个精明的老巫师没想到的是，希特勒的目标并不是让德国成为一个经济强国和贸易霸主，他把经济全权交给沙赫特，是因为他自己根本不感兴趣。赌桌上再有千般计较，总还要按理出牌，然而，他已经等不及了。

1936年开始，形势看上去正是莺歌燕舞一片大好，沙赫特却开始隐隐感到情况不妙，像一个在舞台上停留过长的魔术师，他发觉帽子里已经没有新兔子可以变了。首先是德国在军备上的畸形投资，占用了他千方百计从国际金融界弄来的，和从国内人民牙缝里抠出来的大部分外汇，他主持修订的经济法律严厉到对私藏外汇可以判处死刑，却仍然难以应付军队巨大的钢铁胃袋；另一方面，重整军备的动静实在太大，其他国家虽然有跟着起哄沾光的一面，却也有惊心警惕的时候，德国的国际环境逐步恶化，国际贸易越来越不好做。特别是，华尔街虽然慷慨给了钱和技术，但是像过去杨格计划中发生过的一样，它们在合作中试图控制德国伙伴，而为战争做准备的德国工业寡头，还有它们的政治靠山，当然不会答应，政治原因带来的摩擦也影响了经济关系，这使沙赫特大为头痛。

沙赫特最深刻的不安，来自希特勒和他对经济政策的要求在本质上有分歧。希特勒对经济完全持实用主义态度。如果把纳粹党和希特勒本人对经济问题发表的零星高论放在一起看，就会发现简直没有他们没主张过的观点：支持国有化、支持私有化、主张自由竞争、主张计划经济、打击垄断、保护垄断、限制利息、反对限制利息……总而言之，看上去矛盾百出，实际是见人说人话，见鬼说鬼话，为政治要求服务。虽然沙赫特很知趣地在报纸上撰文，说元首"领导了每一个经济计划、参加了每一项法令制度的修订"，其实希特勒在其中的贡献，也就和金日成同志对《卖花姑娘》音乐创作的贡献差不多。沙赫特将高帽子奉送得这么慷慨大方，恰恰因为希特勒当时没太多插手他的工作；而一旦领导打算亲切关怀了，沙赫特与纳粹的蜜月期也就开始面临危机。

1936年秋，戈林被任命为"四年计划"全权代表，这个"四年计划全权机关"与帝国经济部产生了严重的机构重叠，最后不可避免地引向了沙赫特与戈林之间的冲突。沙赫特从这个"四年计划"诞生开始就对它深恶痛绝，不仅因为它的掣肘争权，更因为它是一个完全从战争着眼的，策划德国四年后勉强自给自足的计划。虽然沙赫特肯定不是一个理想主义的自由贸易信奉者，但是国际贸易和金融对德国的致命意义他是再清楚不过的。德国没有广大殖民地作为廉价原料来源和产品市场，去消化国内的经济波动，因此一举一动都和国际金融市场息息相关，要不他那么辛苦节省外汇干什么？一旦风吹草动，马克受到攻击，以当前国内的信用"圆环套圆环"遍地打白条的现实，这场热热闹闹的"经济复兴"搞不好立马变成镜花水月！"四年计划"在他不仅达不到什么自给自足的目的，反而会摧毁辛苦建立的国际贸易成就，并且引发国际金融市场对德国信用的怀疑。

沙赫特愤然指责戈林"你的外汇政策，你的生产政策和你的财政政策是靠不住的"，而希特勒在这场争执中会支持哪一方呢？看看这位元首风向标式的言论吧。

> 在德国，往往是在政治力量高涨的时候，经济情况才开始改善；反过来，往往在经济成了我国人民生活中唯一内容，窒息了思想力量的时候，国家就趋于崩溃，而且在很短时间内，把经济生活也拖着一起崩溃……从来没有一个国家是靠和平的经济手段建立的。

> 避开一切世界工业和世界贸易政策的尝试，代之以集中一切力量，旨在为它的人民在下一世纪分配获得一块立足的生存空间开辟出一条生存之路……

另一个使人不安的征兆是，杨格计划和道威斯计划债券在1935到1936年间价格大幅度下降，道威斯债券从79美元下降到37美元，杨格债券从59美元下降到29美元。这意味着华尔街对德国发生动荡的深深忧虑。铅云低垂，斜阳诡异，沙赫特独坐在帝国经济部办公室里，看着多年围绕在他鞍前马后的工业家们，蜂拥着向戈林的订单扑去，不祥的预感在心中升起，海天之间一场新的风暴就要来临，他的命运又将如何呢？

巫师的命运

1937年8月，沙赫特向希特勒递交了辞呈，12月正式从经济部长任上离职；1939年1月，他被免除帝国银行总裁职务，虽然还保留着内阁成员的虚衔，事实上已经离开了德国的权力中心，虽然他之后的人生依然颇有戏剧性，但已不再对历史发生真正的影响。

沙赫特的命运是一个富有深意的象征。他终身未加入纳粹党，但是在纳粹上台和准备战争过程中的作用却可能超过了任何纳粹高官。他本人的浮沉，就是国际金融资本与德国政治势力关系的生动历史。如同传说中的双头蛇，政治与经济的逻辑相互推动也相互反噬。沙赫特尽管清楚地知道自己在为侵略战争筹资（这一点无可置辩），而且在奥地利合并和捷克事件中他都把帝国银行的手伸了进去，但是本质上他是按照国际金融资本，当然也包括德国金融资本的利益去行动的。然而，"大炮和黄油"是政治发展的逻辑，有自身合理的惯性，对一种成形的政治文化来说，经济力量可以是发动机，却从来不是刹车，何况这"惊险的一跳"在好日子里难道没有露出过征兆吗？希特勒也许是个魔鬼，但很难说是个骗子，他的基本主张——种族主义和生存空间扩展论从来直言不讳，这样的理论基础最后必将引向战争。发现这一点并不需要什么特别的洞察力，只不过，像《十日谈》里古老的故事一样，希图利用魔鬼的最后难免沦为魔鬼的奴隶，或者，魔鬼和人类本来就没什么真正的界限？

纽伦堡的美国人放过了沙赫特，他的祖国却没有原谅他，战后巴伐利亚拒绝他居住，他漫长的后半生背负着纳粹帮凶的骂名。然而华尔街呢？J. P. 摩根财团呢？那些显赫的信托银行呢？洛克菲勒、福特、杜邦这些工业帝国呢？伯尔尼和日内瓦赚得钵满盆满的金融家和军火中间商呢？即使在战败的德国，那些曾经不可一世的托拉斯们，总电力公司、法本、联合钢铁，谁又受到任何真正的触动了呢？在两极格局的战后世界中，又一轮金钱和控制的奇妙博弈开始了……

你看你看世界的脸。

"馥多拉，她无处不在，她就是社会……"（巴尔扎克《驴

皮记》）

这篇大而无当的文章结束之前，不妨再对沙赫特苍老的背影目送一程。这个精装的伏冷脱，失去法术的老巫师，最后一次见到希特勒是在1941年一个公开场合。希特勒的问题依然和华尔街有关，他问他是否能再去美国一次，争取华尔街新的贷款。这次沙赫特没有丝毫犹豫地告诉他，在《租借法案》生效之后，已经完全不可能。

这是他对希特勒说的最后一句话，也是华尔街与纳粹德国这出人间喜剧的落幕。

亚尔马·沙赫特1944年被牵扯进谋害希特勒的"720事件"，被送进达豪集中营。1945年达豪被盟军占领。1948年沙赫特受审无罪释放后，先后担任印度尼西亚、埃及的经济顾问，1952年在中东战争中曾经作为埃及的顾问，1953年后回到德国重新投入金融界，同时写作回忆录《我的前76年》《一个老巫师的告白》。1970年6月4日，在希特勒和罗斯福死去整整25年后，93岁高龄的沙赫特去世。

他像一只从树上掉下来的猫，姿态难看却总能安全地四脚落地，一时的凶险也变成了因祸得福的契机。读他那洋洋洒洒一册又一册的回忆录，你很难相信这个耄耋老人身上有如此过人的精力和记忆力。甚至还在监狱他就和出版商定了合同，在儿子战死，自己等待受审，前途未卜的日子里，我看到这个71岁的老巫师写到：

"我一直雄心勃勃，现在我依然如此。"

不知为什么，这种过于强烈的生命意志，令我反感，就像对第三帝国那种狞厉嚣张的美。也许唯一例外的是这个细节。当写到他的爱子 Jens 在苏联战俘营里失踪，文风铺张华丽的沙赫特只淡淡说了一句：他是个温和而内向的孩子，本该是个很好的经济学家。

可是呢？

他活到了93岁，然而包括他的孩子在内，几千万青年死于这场战争。

他一生梦想着德国的强大复兴，在临死前，他看到的是自己帮助发动的战争制造出的一道柏林墙。

陈词滥调，有时候却真的难以替代：

愿后人勿复哀后人。

哗动与喧嚣

华尔街的权力之路

从百年前的"在野央行主席"J.P.摩根开始，到2006年5月31日获财长提名的亨利·保尔森，一代又一代的华尔街精英在不断地演绎着"金融＋政治"的权力传奇，在如今这个动荡不安的时代，这个"伟大的博弈"将续写还是已近尾声？

"高盛毕业生峰会"

乔治·W.布什的第二任期将半，在双重赤字和汇率问题的黯淡寒云下，美国高层经济班底又开始款款洗牌。

年初送走了四朝老臣格林斯潘，这位轻拢暗抹利率琴弦，引领美国经济优雅地舞蹈了18年的老绅士，被一位从没有在资本市场工作过的普林斯顿学者——以痛恨通货膨胀著称的伯南克代替。像是一种有意或无意的平衡，5月31日，60岁的华尔街老王子、高盛集团现任董事长兼首席执行官亨利·保尔森被总统提名，接替斯诺成为美国新财政部长。

这是十年来第二位出身高盛（Goldman Sachs）的投资银行家出掌财政部，上一位正是克林顿时代备受瞩目的罗伯特·鲁宾。目前还有两位高盛前任总裁在美国政界担任要职：斯蒂芬·弗里德曼——布什总统的前任经济政策顾问、现任外国事务智囊团主席；乔恩·科赛因——新泽西州州长。另外，就在保尔森被提名前不久，白宫任命了来自高盛欧洲区的乔舒亚·博尔顿为办公厅主任。

高盛巨头政界再聚首，被戏称为"高盛毕业生峰会"。华尔街夺回了在布什任期内短暂失守的阵地，方方面面自然都对保尔森颇有期许。有人推测他会秉承前辈鲁宾的强势美元倾向，加强财政部的独立性；有人希望他控制政府开支，削减赤字；还有人指望他发挥对华联系的优势，在争取人民币汇率上有所作为。实话实说，美国政府面对的基本形势（经常项目、政府开支的高赤字和美元疲软），以及政策倾向（减税、严格控制通胀），未必能给保尔森留下多少制定金融、外汇政策的空间，布什挑他当财长，更多还是倚重他在金融界的经验、背景和声望，给现行政策当个优秀推销员。

过去40年中，华尔街为财政部送去了6位财长，在职时间加起来超过20年。其中不乏浓墨重彩留下印记的人物，比如里根时代的里甘（Regan）、克林顿时代的鲁宾，都可以成为一个特定时代经济政策的象征。

所谓金融精英神奇的影响力，一向是"美国传说"中一个古老而众说纷纭的部分。然而，如果耐心审视眩目的"高盛超级毕业生"们背后，审视百年来华尔街的权力杠杆戏剧性的摆动，相形之下，他们似乎更像一个明亮而不安的尾声。

把黄金铺上山顶的人们

金融史专家、《华尔街史》的作者查尔斯·基斯特曾说过，"华尔街历史的主题是金融与政府之间的曲折关系"。现在看来，这个主题不仅适用于历史，而且影响着今天；不仅贯穿着华尔街权力的消长兴衰，同时体现在美国政府历次经济政策的转折、体制的创新和人物的命运里。虽说至今还有不少人对此保留着"大亨勾结政客"的漫画式印象，但是事实上，在漫长的合作与博弈中，它们不断成功地改变了对方，这正是美国所以成为现在的美国的一个重要原因。

　　财政部和美联储分别是美国财政和货币政策核心执行者，相对来说，后者具有更大的独立性。但美国直到1913年才有了这个正儿八经的中央银行，在此之前，华尔街是美国一切金融力量的枢纽，精确一点儿说，这个枢纽就是约翰·皮尔庞特·摩根（John Pierpont Morgan Sr.）。

　　身为华尔街最显赫和传奇的人物，J. P.摩根虽然没担任政府公职，但位于华尔街23号的摩根银行，在美联储体系成立以前，多次充当了实际上的美国中央银行角色。

　　在19世纪末到20世纪初的各种危机中，比如《谢尔曼白银法》引起的黄金外流、1907年的挤兑恐慌，政府最后都不得不求助于摩根。据戈登的《伟大的博弈》中记录：有人冲进交易大厅，报告说看到摩根和财政部长一同走下国库台阶，正在泛滥的恐慌情绪立刻奇迹般地抑制住了。他用自己的财力和威望，一次次为解决危机提供充分的流动性，在事实上调节了货币供给。

　　美国政府对摩根的依赖曾经达到过这样的程度：虽然多次信用恐慌一再敲响警钟——非得有一个作为最终信贷人的中央银行不可，政府还是磨蹭了六年。直到1913年摩根去世，华尔街再没有这样深孚众望一言九鼎的人物，联邦储备银行才被手忙脚乱地建立起来。

除了"在野的央行主席"J. P. 摩根，美国历史上最有权势的财政部长之一安德鲁·梅隆、早期美联储主席本杰明·斯特朗，也都是华尔街在政界巨大影响力的直接代表。梅隆是著名的《1924年收入法案》奠基人，任期贯穿整个20世纪20年代，其空前的影响力被同时代人戏谑为"三个总统在梅隆手下工作过"；斯特朗曾是信孚银行主席，美联储成立初期，由于成员中很少有人懂得金融业务，斯特朗几乎掌控了美联储的全部权力。正是梅隆的减税政策和斯特朗的低利率政策互相配合，造就了美国20世纪20年代的空前繁荣。

华尔街精英在政界中的权力，来源于金融业里正在生长着的前所未有的力量。迅速便捷的融资喂养了伟大的新产业——汽车和航空；经济在一只戴着高贵白手套的巨手下重新整合，前所未有的庞大托拉斯、辛迪加浮出了水面。J. P. 摩根操纵的合众国钢铁公司并购，资本额达到了当年联邦预算支出的将近三倍，接近当时美国制造业总资本的六分之一，今天任何激动人心的兼并收购都完全无法与之相提并论。

在金本位、高关税、产业革命的古典布景下，历史舞台上演出的各种情节，都能找到华尔街改动剧本的痕迹。从帮助协约国融资到插手苏俄内战，从支持罗斯福总统竞选到为纳粹上台铺路，戴着礼帽打着精致领结的华尔街银行家们，作为美国的代表，出没在各种历史关键时刻。摩根的合伙人爱德华·斯特蒂纽斯被视为美国军事工业之父，在战争中的作用"超过一个协约国军团"；而向欧洲资本输出，影响德国未来政局的"杨格计划"谈判代表名单上，则写满了摩根、雷曼这些显赫的姓氏。

神话的破灭与权力的偏移

然而，像世界上所有的强大势力一样，市场崩溃和大萧条都没能摧毁的华尔街神话，真正的敌人却是来自于内部的停滞与腐烂。随着繁荣消失，大萧条开始，冰山掩盖下的欺诈丑闻不断被揭穿，华尔街精英突然惊觉，他们一直努力渗透和控制的政府要反过来监管他们了。

随着《1933年分业法案》《1934年证券交易法》的颁布和证券交易委员会（SEC）的成立，高贵的银行家们发现，晚宴餐桌上的小小谈话就能解决问题的年代过去了，监管者要求的不是"绅士的正直"，而是繁琐的、一五一十的报表。

《分业法案》导致投资银行业务与存贷业务分拆，更是使金融巨无霸们大伤元气，从此之后，任何一家银行都不可能再具有摩根1901年并购美国钢铁公司的那种实力。监管、保护小投资者、反垄断，这些新词儿在华尔街不断回响，顶层的投资银行家第一次感到政府的手变得讨厌了，可这还仅仅是开始。

从战前到战争期间，罗斯福政府对经济严格管制的做法使资本市场十分清淡，即使战争刺激生产的几年里，华尔街也并没分享到多少其他行业的繁荣。证监会主席位子上坐着的不再是金融家，而是一位严格而强硬的律师威廉·道格拉斯（此人后来在最高法院当了近30年大法官）。财政部长连续十多年都来自于建筑、农业、法律界，提高税收、增加福利支出的同时保持平衡财政，削减国债构成了这个阶段政府经济政策的主流，可想而知，这些清汤寡水的健康菜谱，让华尔街倒足了胃口。

华尔街的权力式微，虽然有各种原因，但归根结底还是源于市场对垄断金融资本深刻的不信任。市场在短期可能是盲目的，但在长期一定是理性的，这是所有投资理论的基石。那些蝌蚪似的，看上去可怜而无足轻重的小投资者和他们的亲友，不仅是构成市场的基础，而且还是投票给政治家的选民，他们的利益终归会被市场和政策表达。这一点，恰恰是华尔街精英无论怎么交游显要，或者变身高官，都没法相提并论的。

喧嚣与哗动中，总归有体会风气之先的人觉得浆过的硬领扎脖子了，于是解下领结，脱掉白手套，开始重视高贵的家族们不屑一顾的业务。他们不再花大量精力与政府要人周旋，而是面向普通投资者，将大规模的经纪业务普及开，把经纪人培训统一起来。从20世纪50年代开始，以美林公司（Merrill Lync & Co.）为代表，连锁店式的经纪代理方式广泛地建立起来，金融经营方式走向了标准化和现代化。

华尔街在不知不觉中变化。

这个时代没有贵族

平民化消解了华尔街的神秘，但的确扩大了它的影响，从而为它赢得了新的权力。从20世纪60年代开始，市场几起几落，但总的趋势是迅速扩张，它容纳了柜外交易的挑战、接受了电子化的洗礼、顶住了石油危机和海湾战争的影响。作为一个整体，华尔街可以说是当今世界上最有权势的群落，但是传统意义上的精英权力，却正一天天地慢慢被融解。

有人惊呼，最古老和著名的投资银行们正在消失。的确，反观前面提过的1940年来华尔街出身的六位财政部长：20世纪60年代的狄龙是狄龙·瑞德家族之子，20世纪70年代的西蒙供职于威登（Weeden）和所罗门兄弟（Salomn Brothers），20世纪80年代的里甘曾任美林总裁，布莱迪出身狄龙·瑞德；20世纪90年代后到如今，则由如日中天的高盛送来了鲁宾和保尔森。

对投资银行业有了解的读者，不难看出这个名单的微妙之处，基本上每个时期出掌财政部的精英，都来自于前一个阶段最成功、最富有朝气的投资银行。然而，今天这个顶级名单已经消失了两个名字——所罗门兄弟1991年在国债丑闻中大伤元气，终于在20世纪90年代末被花旗收购；狄龙·瑞德1998年并入UBS，现在和华宝一起，是瑞银投行业务部的一部分。

威胁投资银行的不光是丑闻，还有《分业法案》以来造成的资本问题，分业经营的后果之一是投资银行虽然名声显赫，资本金却难以和商业银行相提并论——2004年高盛的市值只有420亿美元，不过是花旗集团的六分之一。当分业法案废除，商业银行开始通过混业经营向全能银行发展的时候，原来的贵族们就被推上了危险的悬崖——并购这个他们玩得最纯熟，曾带来最丰厚利润的武器现在悬在了自己头顶上。

不过话又说回来了，时移世易，"贵族"还是贵族吗？不，真正的所谓蓝色血液早已经在资本市场上悄悄换掉了。高盛的最后上市，意味着华尔街最古老的一个合伙人体制终结了，也意味着今天坐在CEO和董事位置上的投资银行家们，实质上不过是职业经理人和股票持有者。

华尔街的金科玉律 "business is business" 有了新的含义，无论高盛这样的古老投行再怎么推崇企业文化，终究不能要求他们像那些把一生镌刻在招牌上的人们那样忠诚。所以，当"高盛超级毕业生"走向政界谋求更大的人生成就之时，很难说到底是华尔街又把手伸进政府，还是政府选择了一个更容易控制华尔街的办法。

鲍尔森能做什么？

保尔森的任命甫一公布，媒体马上翻箱倒柜找出他的各种信息——好在这倒不困难。现在我们知道他是华尔街年薪最高的人并且拥有数亿股票，知道他是基督教科学派信徒，热爱环保和健怡可乐，尤其高兴地知道他来过中国不下70次，十分看好中国经济的前景。我们还想知道保尔森能更好地在人民币汇率问题上发挥作用吗？保尔森能缓解赤字压力吗？保尔森能拯救美元疲软吗？

有人从保尔森的前任们身上总结出了规律，来自华尔街的财长通常会力挺一个强势美元，来自实业界的则相反。但是也要看到，这些财长还都面临减税和削减赤字的双重压力，从20世纪20年代的梅隆，到里根时代的里甘、克林顿时代的鲁宾，莫不如此。又要马儿跑，又要马儿不吃草，好不难煞人。

梅隆和鲁宾比较幸运，前者有繁荣留下的足够盈余积累去填补赤字，后者在互联网带来的新经济增长推动下，顶住压力推行长期平衡财政，也曾成功使财政"扭亏为盈"。最具有可比性的就是里根时代了，不仅减税的思路相同，布什庞大的反恐计划支出，也很容易令人联想到"星球大战"计划，赤字政策的后遗症，一直影响到20世纪90年代的国债支付危机。不过，"星球大战"好歹拖住了苏联，赢得了冷战；布什的反恐政策，目前除了大把花钱，还很难看出效果。在经常项目与政府开支严重赤字背景下，如果选择强势美元政策，怎样协调金融与实业界的利益、平衡政治目标与经济周期的关系，对保尔森这位华尔街头号毕业生将是严峻的考验。

无论光荣的希腊、伟大的罗马，还是惨淡的中世纪，对华尔街来说都已过去。在这个平民权力的时代里，华尔街的最大成就是：它把越来越多的人拉进来，一起玩这个"伟大的博弈"。与此同时它也越来越回归它的本来面目——金融归根到底是一种服务，使这个世界释放出更多效率的服务。对"华尔街超级毕业生"们来说，服务、合作、创造、利用，都是他们的政界生涯中不可或缺的方面。

华尔街和权力的博弈仍然在继续，而且因为自己的发展而具有了新的砝码，从90年代持续到现在仍难以尘埃落定的对冲基金监管问题上，依然可以说明金融–政治联合的力量多么强大。寻找监管的边界、活力与安全的平衡、产业发展与金融利润的结合始终是华尔街永恒的主题，这些主题通过美国经济政策的放大、折射、修正之后，将在这个全球化的世界产生什么影响？

载 2006 年 8 月《南方周末》

斯芬克斯的遗产

"布雷顿森林体系"与现代国际金融问题

华盛顿山上的通天塔

1944年夏天，第二战场刚刚开辟，全世界的注意力正集中在硝烟弥漫的欧洲。而此时美国新罕纳尔布什州风景优美的布雷顿森林郡，由于战争萧条了不少时间的华盛顿山度假宾馆突然爆满，从7月1日到19日，会议室里不时传来各种语言的陈词、质问和争辩。这伙人每天两眼一睁，吵到熄灯，到激烈处通宵不寐——据一个当事秘书50年后的回忆，那时自己"每天简直要工作上28小时"。

这群人究竟是何方神圣？此时此地聚集了来自这么多不同国家的人物，意欲何为？

如果仔细辨认，会议室里的很多面孔都是当年《纽约时报》《泰晤士报》《金融时报》上的常客，有美国财政部长摩根索、美联储的主席艾考斯、参议员托比、经济学家怀特，除了美国人，还有来自另外44个国家（都是盟国成员）的，总共730多位代表。

不过，这些人里最大的腕儿，却是一位英国人，此人的肖像不仅出现在那些报纸或者《时代周刊》封面上，还将在以后60年中，在任何一版的宏观经济学和货币金融学教科书里轻易找到。他就是约翰·梅纳德·凯恩斯，对现代政府经济政策影响最大的经济学家，可能也是有史以来对现实经济影响力最重要的经济学家。此时，凯恩斯已经身染沉疴，在严重心脏病的折磨下，他依然"冷酷无情地驱使自己和别人工作"，而凯恩斯的主要对手——美国财政部经济学家哈里·怀特也毫不松懈，"每天最多只睡五个小时"。

如此紧张是有充分理由的，世界上第一个全球性的金融货币体制协议，就要在布雷顿森林华盛顿山上诞生。在之后的几十年中，它与关贸总协定（GATT，它的最初设想也在这次会议上产生）一起主宰了半个地球的经济秩序，即使在解体之后，它的遗产仍然深刻影响着这个全球化的世界上的金融、贸易活动。直到今天它的幽灵仍然在到处飘荡，20年来当今世界的每一个全球性和区域性经济热点问题——美国的贸易逆差和财政赤字、日元升值和泡沫经济、欧洲货币区的形成与欧元诞生、全球性投机基金的泛滥与亚洲金融危机，近到2006年开始白热化的国际商品投机风潮——如果不断追溯的话，总会在源头发现它巨大的废墟。它荒而不废，死而不僵，从作用上说，它那个同为二战产物的双生兄弟——联合国，与之相比倒更像一座只有香火没有灵验的庙宇……

这就是国际金融历史上著名的布雷顿森林体系。

如果把联合国的设想比喻为战争灾难里产生的建造诺亚方舟的冲动，那么布雷顿森林体系更像是一个重建圣经中通天塔的计划，货币就是前来造塔的各方人等所操的语言，"官方语言"则被指定为美元，每一种其他"语言"都要求按照一定的方式（汇率）"翻译"成美元。但是这个"官方语言"自己又拿什么来保证正确无误呢？

通天塔的比喻，并非笔者首创，而是当年与会代表对这项协议的形容，传神地表达出人们对它的复杂心理。作为有史以来首个世界性货币协议，布雷顿森林体系标志着全球化进程的巨轮经历了漫长历史，真正驶入了现代化的深水海域——金融的深度参与将改变一切。一方面，战前三大货币区拆分重组，古老的金本位制度何去何从，牵一发而动全身；另一方面，从此全球的经济命运被深刻地联结在一起，即使在东西方持久冷战中，货币的纽带依然在变形而执拗地发挥作用。不用追逐国际新闻镜头下没完没了的会谈和承诺，手里一张薄薄的纸币，已足以向你暗示这个世界的现存秩序。

让我们回到历史中，做一次时空之旅，看看二战硝烟后的布雷顿森林会议究竟诞生了什么，诞生背后的原因，还有最重要的——它给我们今天的世界留下了什么。

什么是货币协议？这个问题与货币的本质相关。

你的钱包里放着一张十元纸币买午饭，今天你还要去银行缴房贷；另外信用卡公司给你寄来了上个月账单，啊，别忘了，顺手在 ATM 机上查一查工资是否到账。

你很少考虑，为什么要相信这些纸片儿和液晶数字是"钱"。生活在今天我们认为它们是不言而喻的（而且多多益善！），但是在货币的历史上，接受信用货币却是一个漫长的过程。货币的本质究竟是什么？至今也没有一位经济学家敢下结论。

货币协议是铸币权益衍生的产物。即使在金属货币流通的年代，铸币权也是国家信用的特有标志，代表着巨大利益，所以西汉邓通铜山私人铸币，被视为乱政。各国铸币权之间的平衡，就是货币协议。信用货币流通以后，因为铸币变得近于完全无成本，所以不同的货币流通区面对着贸易竞争，都有强烈的内在动机去主动贬值，与对手竞争，顺便稀释债务，解决自己的国际收支和就业问题。

二战前的世界货币市场，分为美元区、英镑区和法郎区。30年代，为了从经济危机中恢复元气，三大主要货币竞相贬值以刺激贸易，一时重商主义当道，鼓励出口，限制进口，各国政府对外汇的控制骤然严格。拿罗斯福新政时的美国来说，一年中最大货币贬值幅度曾超过50%。然而，这样做的结果却适得其反——"囚徒困境"出现了，为了规避汇率风险，国际贸易越来越龟缩在本币货币区内。饮鸩止渴的贬值大战没能带来出口繁荣，倒让国际金融市场上的投机炒家有机可乘，结果货币投机又加剧了汇兑风险，对贸易更加不利……

　　这种郁闷的循环终于被二战打断了，英镑和法郎区的国家，在欧洲战场首当其冲，整个战争期间美国的贸易顺差以惊人的速度膨胀起来，美元——现在不仅没有贬值的必要，而且还由于源源不断流入的黄金而更加坚挺。"租借法案"的四年间，美国向盟国提供了价值500多亿美元的货物和劳务，黄金储备从1938年的145.1亿美元增加到1945年的200.8亿美元，约占世界黄金储备的59%。

　　盟国很早就开始探讨战后的经济恢复问题，早在1941年，丘吉尔和罗斯福会晤之后发布的《大西洋宪章》里，除了对战后成立联合国的建议，一个防止汇率突然波动的全球性支付体制也被提到了议事日程上。随后，两位巨人身后的国家银行和专家团，悄无声息却迅速高效地开始工作了……

因此，回到本文开始的时刻，在那个仅与 D 日行动（诺曼底登陆战役打响之日）相隔一周的微妙时刻，伦敦和华盛顿的两家人马，各自怀揣盘算好的一套完美计划，来到布雷顿森林郡。他们做决定的砝码，正是自古以来的货币之王，货币的货币——黄金。

金本位、凯恩斯计划和怀特计划

黄金作为货币基准和国际支付手段，在漫长的历史中一直发挥着自动调节器的作用，维持着各货币之间基本汇兑关系。从理论上，国际贸易的不平衡，在金本位体制下可以自动纠正。举例来说，如果某国进口大于出口，国际收支发生赤字，那么黄金从该国流失，因为货币与黄金挂钩，所以相应地货币供应量减少，购买力减弱，进口需求下降；而与此同时，货币供给下降使物价下跌，从而促进出口增加。瞧，一正一负，恰好恢复了平衡。

可是，一切如果都像理论推导那么完美，这个世界也就失去了不断让你大吃一惊的能力。魔鬼梅菲斯特告诫书斋里的浮士德博士："理论是灰色的，而生活之树常青。"同样，魔鬼也在各国货币当局耳边诱惑:"黄金是有限的,而敛财之路无穷。"现代工业的兴起,经济与贸易总量的飞速增长,对货币流通量增长的要求远远超过了黄金产量的增加,货币对黄金的贬值成为一个不可避免的长期趋势。这种情况下,先下手为强贬值货币就成了一件有利可图的事,这样国内价格不会下降而影响利润,国际贸易的竞争力却增加了。前文提过的货币区之间的斗争,缘由就在于此。

而且,金本位所伴生的重商主义潮流,对国际分工的扩大与发展形成了阻碍。大家都想得到黄金,而不愿付给别人黄金,都要出口产品而不愿意进口别人的产品,想一想,那个时代的文学作品留下了多少经典的守财奴形象啊!人们也考虑过一些折中办法,例如金银复本位制,但结果往往是失灵和更大的混乱。

可是二次大战改变了一切,美国在战争中雄厚的实力与超然的地位,使美元的地位迅速上升,几乎变成与黄金并驾齐驱的硬通货。设计战后货币体系之时,谁都不能无视这个现实。

抛弃金本位?这个想也别想,国际政经新秩序尚未确立之际,在混乱的贸易环境里,没有这个货币的最后基准,天知道会搞出什么乱子来!但是美元的作用,又绝不能忽视,尤其是满目疮痍一片废墟的欧洲,战后还眼巴巴地等待着美元来拯救呢;美国的庞大黄金储备也必须考虑到……在这样的背景下,代表战前传统强国利益的凯恩斯计划，和代表美国规划世界意图的怀特计划，在布雷顿森林会议召开之前已经相遇了。

凯恩斯拿出的版本叫"国际货币清算同盟计划"，怀特计划的名字更长，叫"联合国稳定基金与同盟国家的复兴开发银行计划草案"。两者都主张创立一个国际货币机构，在自由汇兑原则下稳定汇率，也都主张建立一种国际通用的货币单位。

不过，多数事情上面，大伙儿一致同意的部分都没多少实质意义，争议的地方才是要害。凯恩斯建议成立一个清算联盟，由债权国和债务国共同负担国际收支不平衡问题，由这个机构发行300亿美元价值的货币无偿提供给各成员国，进行国际贸易结算。这种国际货币名为"班克尔"（bancor），它以固定比例与黄金挂钩。简而言之，就是成立一个由英美共同主导的"世界中央银行"，它与各国央行的关系，就像本国央行与商业银行的关系一样。联系到英国在战争中负债累累，国力削弱和对殖民地丧失控制，这个计划明显意在防止美国利用债主身份独霸经济领导权，同时为英国争取在战后国际铸币利益里分一杯羹。

但是美国不买这个如意算盘的账，在黄金储备占绝对优势，综合国力举世无匹之时，卧榻之侧岂容他人酣睡？怀特计划认为，只有拥有充足保证的美元才有资格担当国际货币的重任，其他货币应该直接与美元挂钩；至于凯恩斯计划里向成员国提供流动性的提议，美国认为自己没有必要充当冤大头，要成立的国际基金应该把重点放在维持汇率稳定上。

经过一番艰苦交锋，在英国大幅度让步基础上，两个计划达成了妥协。1944年7月，布雷顿森林会议上最终通过了以怀特计划为蓝本，凯恩斯计划为补充的《国际货币基金协定》和《国际复兴开发银行协定》，总称为"布雷顿森林协定"（The Bretton Woods International Monetary System）。各国的货币与美元以固定汇率挂钩，在平价1%的范围浮动；美元则与黄金挂钩，各国政府可以以35美元一盎司（约31克）的价格向美国兑换黄金。另外各国还同意成立一家"准国际银行"——国际货币基金组织，向流动性出现困难的国家提供帮助。至于凯恩斯的"班克尔"，直到20多年后，才在一种叫作"特别提款权"的黄金货币单位身上复活。

撇除英美各自的算盘，从当时客观现实来看，怀特计划无疑比凯恩斯计划更加可行：因为保证美元强大信用的，与其说是黄金，不如说是美国的综合实力与国际威望。比起由一个人们并不了解和信任的国际机构，发行一种陌生的新货币，用美元作结算储备货币更有利于迅速恢复信用，刺激国际贸易。操作起来，也永远是婆婆少好办事，简单的一极体制，比可以预见的英美两大佬扯皮强得多。

以美元为中心的布雷顿森林体系在结束金融混乱，促进国际贸易方面取得了相当大的成功。固定汇率制让汇兑风险大大降低，促进了资本与贸易的自由流动，1948年到1976年之间，国际贸易的年平均增长率为7.8%，为战前的10倍。美国通过援助、信贷、投资、购买商品和劳务活动，向全球提供了大量的美元，比如在欧洲的"马歇尔计划"和在日本的经援，在一定程度上，有力带动了战后资本主义世界经济的恢复。

更重要的是，布雷顿森林体系彻底粉碎了战前几个殖民帝国的货币势力范围，停止了恶性贬值带来的贸易冲突。货币管制瓶颈的削弱，为国际经济开拓了全新的视野和思维。从大航海时代以来，大概这是最重要的一次全球化进展。在货币体制发展历史上，国际汇兑金本位代替了古典金本位，可以带来利息的美元把躺在葛朗台箱子里落灰的金子彻底挤出了流通领域，这个改变中蕴含的深刻而丰富的意义，还要在此后几十年里等待人们慢慢领会……

真的建成了一座通天塔？

人们一度是这样认为的。

然而历史一贯是狡猾的玩笑大师，时光走到今天，我们却不由得慨叹，在通天塔内部，原来早就隐藏着一座挂着叵测微笑的斯芬克斯像！

作为杰出经济学家的凯恩斯，对这种凭一国之力"无缝对接"世界流通领域的野心,似乎最初就有了不祥预感,在对罗斯福总统的答词里,他说:"既然我们要致力于一种共同标准,共同的法则,它应该是被所有人乐于接受的。"而凯恩斯计划没有被重视的那一部分——国际收支不平衡的解决,恰恰是这座通天塔日后出现第一道裂缝的地方。

还记得那个斯芬克斯的谜语吗?早上四条腿,中午两条腿,晚上三条腿……

答案的秘密在于变化,永恒的变化。

"特里芬难题"与美元危机

布雷顿森林体系将其他货币拴在美元身上,将美元系在黄金身上,编成一个连环套——这就是美元为何长期被称为"美金"的原因。毋庸置疑,这个以美元为中心的连环套让美国受益匪浅。由于美元是核心的国际清偿货币,那么它也是其他国家手里最主要的外汇储备。这就是说,每个国家都永远有一笔由美国财长"签字画押"过的债务,只是放在保险箱里,而不向美国兑现。

法国总统戴高乐将军,在布雷顿森林体系运行之初就尖锐地指出："美元特权"把世界贸易变成了美国的仓库，美国出现了贸易赤字，不用像其他国家那样为外汇储备减少而苦恼，只需要多印些美元就可以无偿向其他国家换取商品劳务，换句话说，"一股独大"的国际铸币权给美国带来了巨大利益。(顺便说一句，戴高乐此后20多年一直在反对布雷顿森林体系，60年代美元危机时号召回归19世纪金本位。为此焦头烂额的尼克松总统后来参加他的葬礼时，竟脱口而出"今天是法国的一个伟大日子"——这句话被美国媒体评为全球有史以来最愚蠢的776句话之一。)

不过，话又说回来了，美国也不能光占便宜，不出力气。要让这个体系维持下去，美国必须做到两件事：保证充足的黄金储备和保持国际收支的平衡。第一条是维系汇兑金本位的基础，布雷顿森林协议可是白纸黑字保证过，其他国家可以用35美元一盎司价格向美国交换黄金。第二条，是保持美元坚挺、维持世界对美元信心的必要条件。

世界犹如万花筒，轻轻一转就出现了新图案。布雷顿森林体系建立之初美国手握全世界四分之三的黄金，是全球最大的贸易顺差国，雄视四合，谁与争锋，保证这两条自然不在话下。可是不过十多年，情形已经开始逆转。

从50年代开始，失去了战争中巨额订单刺激的美国经济开始走软，朝鲜战争的爆发又直接增加了巨额军费支出，到

1958年美国已经经历了战后两次经济危机，工业品生产下降14%，黄金储备由原先的超过400亿猛降到不足200亿，而国债却增长到超过200亿，俨然"资不抵债"；国际收支更是来了个大反转——除了1957年，在整个50年代都是巨额逆差，1950—1960年平均下来年逆差额20亿美元。床头"金"尽、债务增加、贸易逆差，美元立马陷入了信誉危机，人们开始怀疑美国是否有能力支撑布雷顿森林体系要求的固定汇率。而且冷战已经开始，美国全球争霸的战略放在那里——那可是个多少钱都花得进去的无底洞，各国用脚趾头想，都想得到美国肯定会增发货币，利用美元国际清偿货币的特权地位弥补赤字，把它自己的负担摊到大家脑袋上来。既然这样，谁都不会坐等吃亏，抛售美元终于在1960年左右成为风潮，是为第一次"美元危机"。

以上的问题已经够麻烦了，可真正的一击还在后面。1960年，耶鲁大学一位比利时经济学家特里芬，出版了《黄金与美元危机》一书，指出了布雷顿森林体系理论上的致命缺陷——这个体系对美元的清偿力与信心的要求是互相矛盾的！既然美元是国际清偿货币，如前面所说，为了进行国际贸易，其他各国必须保持大量美元储备。那么从美国的角度看，它的国际收支必然是逆差——要不然的话，国际市场上的美元从何而来呢？可是，如果美国长期保持巨额逆差，又会使国际市场对美元的信心下降，驱使各国政府用美元储备向美国挤兑黄金（它们已经开始这么干了！），使美国黄金储备枯竭，最终导致汇兑金本位体制难以为继。

千刀见血不如一剑封喉，"特里芬难题"（Triffin Dilemma）直指布雷顿森林体系这座通天塔的"建筑结构错误"，在表面上修修补补是无济于事的。美元危机是必然的后果，不是偶然的灾难。很快预言被进一步证实了：1960年伦敦市场上黄金对美元猛涨到一盎司41.5美元，超过官价20%，美元大幅贬值。美国只好召集英、法、德、意、荷、比、瑞六国，组成"七国黄金总库"，签署货币互换协议，建立14国"互惠贷款协议"，借款额将近200亿美元，勉强渡过了难关。但是密云不雨、久讟终凶，1967年底伦敦市场又掀起了抢购黄金、抛售美元的风潮。这时美国正陷于越南战争，美元的信誉一时降到冰点，可是此时美国总统约翰逊的论调却是："世界黄金产量不足以支持全球货币体系，美元作为储备货币，对全球贸易提供流动性至关重要。"这种不削减开支、不解决逆差，一味推诿责任的态度让其他国家非常反感。

同时国际政经秩序在慢慢变化，美国的盟友们也在分化。一部分国家，以法国为首，当初就是迫于强大经济压力才接受布雷顿森林体系，现在不愿意再为美国的扩张买单，纷纷开始向美国兑换黄金。美国焦头烂额之余，决定对黄金实行"双轨制"，即放弃在伦敦金市上平抑金价的努力，让黄金自由浮动，只允许中央银行按布雷顿森林协议价格兑换黄金，另外还有重点地"劝说"一些国家不要学法国的坏榜样——什么国家？正是西德和日本这两个二战的轴心国。它们战后经济已经起飞，政治地位却仍然低人一等，宁可出点钱不和美国闹翻，西德和日本在60—70年代持有了大量的美元储备代替黄金储备。

战线一旦撕开缺口，溃退的速度一日千里。从1968年之后，美元对黄金继续贬值，而美国的外汇储备又下降了近一半，美国先是把兑换官价从35美元一盎司提高到38，又把1%的浮动范围扩大到2.5%，但是杯水车薪，黄金这道沉重的枷锁，内忧外患中的美国经济再也承受不起了。

但是，该怎么办呢？有什么办法能在布雷顿森林体系之外，给这道斯芬克斯的谜语，找一个新的答案？

戴高乐曾提议回归古典金本位体制，虽然他对货币制度的批评独具只眼，可是这个建议实在不高明。且不说从经济发展速度的现状来看不合理，就是从制度本身，美元特权是没有了，黄金特权却出现了——黄金生产大国将享有类似于美国目前的特权：不仅有南非，还将有苏联！

"特里芬难题"的发现者也提出建议，由国际货币基金组织发行一种以黄金做准备的"特别提款权"，作为美元的等价物，试图找出一个创造清偿力的办法。但是由于美国的反对，

"特别提款权"作用相当有限，只能在一些特别的国际组织里充当美元等价物，比如万国邮政联盟。现在这种国际货币离我们日常生活最近的，大概只是你在国外旅游时，使用手机的漫游费用换算了。

当一切可能性都被证明不成立的时候，那么，就如侦探小说里常说的，唯一剩下的答案，便是原先看来不可能的那一种。

"永恒的残缺三角形"：布雷顿森林体系的遗产

1971年8月15日，尼克松总统宣布实行"新经济政策"，停止对各国用黄金兑换美元，同时对进口商品课征10%附加税，削减10%的对外援助。墙倒众人推，美元与黄金脱钩立刻引发了新一波贬值大战，到1973年第八次美元危机之后，由于无法忍受美国带来的高通胀率，各国纷纷放弃对美元的固定汇率制，实行浮动汇率，布雷顿森林货币体系走完了27年的历程，黯然解体。

1976年，在牙买加首都金斯敦，国际货币基金组织各成员国开会通过协议：取消货币平价和美元的中心汇率，承认浮动汇率制以及各国选择货币制度的自由；实行黄金的非货币化，取消官价，黄金价格完全由市场自由决定。

至此，货币完全斩断了黄金之锚上的古老缆绳，冲向了全球经济海洋的旋涡激流，今天一盎司黄金的价格是598美元左右，对比之下布雷顿森林体系的黄金官价（35美元／盎司）恍如隔世。从根本上说，是经济规模不可阻挡的增长趋势，挣裂了金本位这件陈旧的衬衫。金本位背景下的当代英雄是洛克菲勒，后金本位时代却是比尔·盖茨。货币的嬗变，使财富的本质发生了意味深长的变化，风险本身转化成财富无法分离的内涵之一。如今当一个合格的守财奴所需要的"技术含量"，是夏洛克和葛朗台们做梦也想象不到的。究竟什么是财富？什么是经济权力？如同莎士比亚《暴风雨》中米兰达对新世界发出的感叹："越来越奇妙了……"

牙买加会议与其说决定了点什么，还不如说承认了现实。布雷顿森林体系的货币制度事实上已经崩溃，给它补办一个正式葬礼了事。以后怎么办，大家多少有点跳河一闭眼，听天由命；不料跳下去以后却发现：水其实也没有原来想得那么深。

美元的核心地位一定程度上被削弱了——可是也削弱不到哪里去。美元不再兑换黄金，但是多数国家的主要储备货币还是它，作为计价、结算和各中央银行的外汇市场调节工具的功能依然不可替代。尽管日元、马克、瑞士法郎等货币在国际金融市场上地位有所上升，但是谁都无法承担美元的责任——它们的货币当局也决不敢允许这种情况发生。美国的国内经济总量庞大，国际资本流动对国内市场的影响还可以消化，但是以其他国家的经济规模，放任大量本币流散在国际资本市场上，一旦发生大规模投机冲击本国市场，后果相当危险。没有金刚钻，不揽瓷器活，这些国家对自己的国际收支十分注意，并不热衷于让本国货币在国际经济活动中发挥更大作用。

不过这样一来，特里芬难题——美元清偿力与信心的矛盾——就没有随着布雷顿森林体系的解体而消失，依然像幽灵一样困扰着世界。固定汇率制取消以后，IMF（国际货币基金组织）的成员国中的一部分选择仍然钉住美元（或者以美元为主的一篮子货币）汇率，另一部分选择单独的（如澳大利亚、日本）或者合作的（如欧洲货币体系）自由浮动汇率。选择钉住汇率制的国家依然要积累庞大的外汇储备，调节汇率波动和防备国际游资的袭击。美元流动性泛滥问题，在全世界范围并没有减轻。从美国角度来看，美元疲软仍然是难以克服的趋势；从钉住美元汇率的国家来看（它们还常常是发展相当迅猛的新经济生长地区），庞大的美元储备在手里不停地贬值，也十分令人头疼。2006年的商品投机风潮，在某种程度上，就是过剩的美元流动性在国际市场寻找出路的表现。

布雷顿森林体系的解体，带来了一条"三难选择"——

任何国家在自主的货币政策、固定汇率和资本自由流动三者之间，最多只能选择两条。这个结论是从国际宏观经济学中著名的蒙代尔－弗莱明模型推导而来的，简单举例说，假使某国实行扩张的货币政策（货币供应量增加），那么卖出本币买入美元的套利机会出现，如果政府想保持本币对美元的固定汇率，就必须限制资本的自由流动（自由套利），否则，套利的结果就是本币对美元汇率下跌。假如政府既不想限制自由套利，又不愿让本币贬值，只能拿外汇储备干预市场，卖美元买本币，可是如此一来增加的货币供给又被回笼，货币政策就失效了。这个被经济学家克鲁格曼称为"永恒残缺三角形"（The Impossible Trinity）的法则，限制了国际金融基本行为模式，好比三个人一起玩锤子、剪刀、布，只有三方出现两种出法的时候，游戏才可能有结果。

不同国家依据现实量体裁衣，做出了不同选择。经济总量不大，但是对国际贸易参与程度高、受影响深的国家和地区，为了发展国际贸易、减少汇兑风险，经常选择固定汇率与资本自由流动，典型的例子就是香港以及金融危机之前的东南亚诸国。国内经济总量较大，外贸种类相对单一的市场经济国家，倾向于选择自主货币政策和资本自由流动，比如澳大利亚。而像中国这样国内经济和外贸同时迅速增长，但是体系尚未成熟的发展中大国，选择独立货币政策与稳定汇率，而不是资本流动，则是一种相对理性的决策。

布雷顿森林体系的解体，引起了对货币合作的模式的反思。它的优点和缺陷，都为后来者借鉴。70年代之后，地区性的货币协议兴起，欧洲货币体系就是其中最成功的一个。它没有建立通天塔的雄心壮志，却可以把水面上相近的浮板钉在一起，共同抵御风浪，而在这个基础上居然逐渐建造起了一艘航空母舰！从60年代《罗马条约》的贸易协议开始，到90年代的《马斯特里赫特条约》启动货币一体化进程，它逐渐形成为一个对内固定汇率、对外统一浮动的货币联盟。用"三难选择"来分析：在欧洲内部，各国选择的是固定汇率制和相互之间资本的高度自由流动，把货币政策权力上交给了欧洲中央银行；而作为整体对外时，汇率体系又是自由浮动的。这样既促进了欧盟内贸易活动的发展，又有效地把来自外部的通货膨胀压力化解掉，增加了整体抗风险能力。正所谓有心栽花不如无意插柳，布雷顿森林体系在全球背景下没做到的事，地区货币协议却扬长避短取得了部分成功。宛如经济学家蒙代尔描述的理想"最优货币区"，欧元的最后诞生，标志着地区性货币协议的成功达到了新的高峰。

布雷顿森林体系的解体，也给全球金融投机基金带来了更大活动空间。索罗斯们的狙击手法固然眼花缭乱，原理还是来自于这个难以完美的"三难选择"。以乔治·索罗斯自己为例，他的成名作——1992年打败英格兰银行，迫使英镑退出欧洲货币协议，本质上正是看准欧洲货币当局在通货膨胀压力下（主要是德国面临两德统一时的压力），无法牺牲货币政策去维持固定汇率制。而1997年的亚洲金融危机，很大程度上利用了东南亚各国资本流动过度与汇率浮动僵硬背后的矛盾。

2005年，通天塔倒塌32年后，各创始国来到中国香河，回顾得失，讨论国际货币基金组织与世界银行的改革，另外还有——探讨"新布雷顿森林体系"的可能性！

历史总是一再回到出发的原点。人们开始厌倦当前国际金融体系的高风险和脆弱性，而美元的流动性泛滥，美元与新兴货币（比如欧元、人民币）之间的关系，都是全球和地区性合作问题而非仅仅双边问题——也许是天下大势分久必合，也许，人们对那种通天塔的理想，永远不到黄河心不死……

我们可以篡改一下狄更斯《双城记》的开头，去描绘布雷顿森林体系的梦想——"这是一个最好的办法，这是一个最坏的办法"。然而，无论怎么评价这座未建成的通天塔，在追求目标的过程里，人们取得了另一种成果——不管愿不愿意，现代世界的金融与贸易千真万确变成了一个整体。甚至，布雷顿森林体系的理想，在追求利益与安全之外，或许还说明人类被某种与生俱来的力量驱动——一种寻求彼此之间了解的深刻本能？

在布雷顿森林体系历史的众多典故中，有一个颇为讽刺的细节：它的主要开创者之一，我们前面说过的哈里·怀特，居然在40年代末被怀疑为苏联间谍，更为意外的是，怀特逝世后联邦调查局证实，在二战后期他的确曾为苏占区的利益秘密服务！可正是同一个人的计划为美国在冷战争霸中奠定了金融基础。沧海桑田，白云苍狗，当俄罗斯为重新融入国际金融秩序而回到谈判桌上，谈论起"新布雷顿森林体系"时，我们怎么能不感慨，人类自身观念的矛盾、复杂性实在超过了"特里芬难题"。

所有的合作，归根到底，不过是跟自己合作。

那么在本篇的最后，回头再看那条斯芬克斯的谜语，最简单而隽永的回答无非是"认识人自己"——从哲学、艺术、政治，也从永恒的利益、纷争与合作。

困境的哲学

　　我们是这个失去平衡的世界的一部分，深感无辜而愤怒。即使凭着直觉我们也能预感，这不是偶然，不是一场恐怖袭击或者瘟疫的恐慌，也不仅是金融危机、货币危机、生产危机、消费危机，甚至一次经济周期的归来，我们面对的是它们的全部，是对20世纪70年代石油危机之后美国和全球发展模式的一次整体清算。

无人生还

　　打赌和预言，是经济学家最热衷但也最危险的行为，相比之下，学者们爱干的另一件事——指责别人，就安全得多。

从2007年到2008年，全球经济的戏剧性，宛如阿加莎·克里斯蒂最盛大的谋杀案——《无人生还》，在厄运暂时还没降临到自己头上之时，幸存者正在忙于互相指责。

政府在指责华尔街。作为相当老牌的麻烦制造者，深陷泥潭的投资银行和保险公司固然是无话可说，连商业银行也自身难保。然而，在太平盛世里，是谁放任与安享流动性的泛滥？又是谁在高唱反管制的自由主义高调？美国政府是真的没办法制约危如累卵的过度投机，还是在长期双赤字的压力下对繁荣的金融市场睁一眼闭一眼，维系那个消费主义的伟大美国梦，以及做梦的民众手里的选票？

美国纳税人在指责政府。为了给退潮后浮出水面的裸泳者提供浴巾，它无耻地夺走了穷人的衬衫。7000亿美元拯救金融市场，相当于一个中等发达国家的 GDP 总值，意味着几百万所学校，几十万个初级医院，几万个基础科学研究项目，连 NASA 都不得不暂时减少宇宙演化的研究费用以保证火星探测计划的财力。讽刺的是，市场以一场暴跌迎接救市方案在议院通过。是啊，仅仅是麻烦最多的金融资产 CDS（信用违约互换）市场总值就超过62万亿，救市资金不过给面临灭顶之灾的大金融机构扔下一个救生圈，可想而知，即使它们上岸，面对的也是漫长痛苦的清算。这种情形下市场又有多少理由欢呼呢？

经济学家们在指责格林斯潘。这位以反对"非理性繁荣"出名的前美联储主席，突然发现自己恰恰被指责为非理性繁荣的始作俑者，连德高望重的安娜·施瓦茨（弗里德曼的长期合作者，《美国货币史》作者之一），和他的好友，著名的"泰勒法则"提出者约翰·泰勒都开始批评他当年的货币政策。退休前夕，他是世界上最成功的央行行长，两年之后却变成了世界上最郁闷的前央行行长——武侠小说是对的：人心就是江湖，你怎么退出？在金融的世界里，这句话更加意味深长，信心在这里就是金钱，是流动性和稳定性，是政策执行的最佳拍档。正如新科诺贝尔奖得主，喜欢反对一切的经济批判者克鲁格曼出人意料地为格老所做的辩护，如果没有格林斯潘长期稳定的低利率时代给人们的信心，危机也许根本就等不到现在，在网络泡沫崩溃和9·11袭击时早就凶多吉少。

全球各国在指责美国。在这个地球村的时代，何处还有资产的避风港？冰岛政府破产，竟然是因为加利福尼亚的房屋供款人违约。事实上比冰岛表现更差的中央银行不在少数，算算多少货币当局手握大量美国金融资产甚至两房债券？而且，就算你没被美国绑架，也会被美元绑架，一场漫长的通胀输出已经势无可免，而能源、农产品、矿产这些发展中国家极为依赖国际市场的基本产品，将是受通胀影响最剧烈的部分。

我们是这个失去平衡的世界的一部分，深感无辜而愤怒。

即使凭着直觉我们也能预感，这不是偶然，不是一场恐怖袭击或者瘟疫的恐慌，也不仅是金融危机、货币危机、生产危机、消费危机，甚至一次经济周期的归来，我们面对的是它们的全部，是对20世纪70年代石油危机之后美国和全球发展模式的一次整体清算。

金融创新：“保险带悖论”

哈佛大学经济学家曼昆在他享誉全球的《经济学原理》第一章里讲了一个有趣的“汽车保险带”案例。20世纪50年代美国汽车数量开始激增时，研究发现新速度下发生的车祸死亡几率很高，而安全带可以有效地在事故中减少死亡率。因此国会通过法案，要求司机驾驶时必须扣紧保险带。50年过去，数据研究居然显示，虽然汽车保险带可以有效挽救司机的生命，却大大刺激了超速驾驶违章，结果诱发了更多的事故，从绝对意义上算来，反而造成了司机的更高死亡率。

这就是动机的改变怎样影响结果的改变。

没有任何一种金融工具是为了增加风险而被设计出来，恰恰相反，它们诞生的初衷都是为了帮助投资者降低不确定性，把风险从基础资产里剥离，或者重新设计，交给那些愿意和有能力承担风险的人与机构。为了投资者方便得到这些工具，它们也必须有一个发达的市场。无论是 MBS（抵押支持债券）、CDO（担保债务凭证）还是 CDS，主要交易方都是金融机构，是监管者认为有足够经验、知识和能力的交易者，但是事与愿违，专业机构投机程度上的疯狂和数量上的惊人，都是普通投资者难以望其项背的。而且由于机构间柜外交易监管的薄弱，不到炸弹爆炸的前夕，人们很难知道这些巨额头寸最后究竟埋藏在何处。每个投行或者对冲基金都有一套复杂的风险计算模型，甚至连监管机构也认为自己不可能比它们做得更好。可是无论模型多精美，都只能在历史数据中计算概率，而经济的转折点，冰面第一道裂痕，满月的第一缕阴霾，总是远远发生在这些傲慢的金融模型探测灯可怜的照明半径之外。

生产率与新经济陷阱

美国总统竞选人麦凯恩，正在为乱说外行话而饱受对手攻击，9月份，他在接受采访的时候，声称美国经济的基本面十分良好。很有可能，他会因为对经济的无知评论，以及过去反监管的自由保守主义立场而输掉这场选举。

但是麦凯恩同时也有理由感到委屈，经济的基本面良好并非空穴来风，8月份劳工部的报告显示今年第二季度美国的劳动生产率势态不错，同期增长达到4.3%，失业率、外贸逆差等一系列数据都有改观。是否仅仅是金融的投机失败掩盖了实体经济的良好状况呢？

按这条思路，似乎还能找到更多的证据。过去十年间，美国最重要的经济变化之一是劳动生产率持续增长。1995年至2000年，美国的劳动生产率每年约增长2.5%。2000年至2003年，每年约增长3.5%。自2003年以来，美国的劳动生产率每年约增长2.25%。而在上世纪70年代初至1995年，美国的劳动生产率年均增速只有约1.5%。

但是问题在于，生产率只是计算单位时间的劳动产值来衡量效率，并不涉及经济的运作模式。一个难以解释的问题，为什么在生产效率如此之高的地方，资金却疯狂挤入高风险的金融投机领域？

实际上何止是资金，人力资本也是一样。哈佛大学新任女校长在毕业演讲中就表达过这样的困惑：为什么我们的学生70%去了华尔街？

因为那儿有钱。

新经济是以创新为本质的，并且以创新能力重新确定全球分工体系。20世纪90年代 IT 革命开始，美国作为龙头经济，创新的边际收益远远大于一般生产，于是按照要素禀赋，美国控制了强大的创新能力和支持创新实现的能源利润这最丰厚的两端，而把中间的生产环节，转移到人力与环境资源廉价的发展中新兴工业国，一面扩大收割全球的优秀人才，一面以武力和政治相结合的办法控制石油产地，形成了一个美国领跑全球跟进，美国吃肉大家喝汤的模式。

但是，随着时间推移，一次大创新带来的利润会慢慢耗尽，技术会扩散，差距会缩小。2000年之后，IT 革命对于现实经济最直接和革命性的推动其实是互联网通讯，而互联网对金融业的整合与推动，是相关各产业中边际贡献率最高的。美国的生产率数字是由新经济本质决定的，如果不能维持创新的频率和强度，生产领域的资金只有流向虚拟经济部分，才可能保持之前的利润率，事实上，美国在2003年之后的实际资本深化程度远远不如预期。

然而，创新是不能规定时间表的，尤其是重大的，对生产力有持续影响的创新，更不能像自动售卖机那样投币即可。互联网革命之后几个重大的技术方向，纳米、生物、新能源都还没有获得有重大经济意义的突破，而强行推广创新的前车之鉴，就是2007年美国画虎不成反类犬，几乎引起世界粮食危机的替代能源法案。

在现实技术创新乏善可陈，经济失去动力的时候，资本会躲进虚拟经济中，对未来可能的创新突破下注赌博，这是一种对未来经济增长的高危透支和一个逻辑上的怪圈。实体经济增长只要没有达到需要的超高预期，虚拟投机就会轰然而倒，但这又是必然的——创新难以为继，而生产上又不能与成本低廉的新兴工业国竞争的实体经济，正是资金蜂拥从事高风险的金融投机的原因。

宏观调节手段的贫乏

宏观经济学从诞生之日开始，就有着比微观经济学更鲜明的政策工具色彩。作为20世纪30年代大萧条的资深研究学者，美联储主席伯南克可能有着更深的感触。

书到用时方恨少，事非经过不知难。林林总总的宏观理论，落实到政策选择上却无非寥寥几个办法：减税和扩张开支的财政政策，调节利率和货币供给的货币政策。

而现实是，美国的预算平衡法案确立之后，当局再也不可能像20世纪80年代一样大手大脚制造赤字，财政政策受到巨大限制；现代信用货币体系的发展，也让控制货币供给增加量的办法变得不现实。20世纪90年代之后，利率成为美联储货币政策的首要目标。调节利率缺口、通胀目标、产出变动三者关系的"泰勒公式"成为货币政策的主要工具，格林斯潘时代的很长一段时期，利率的微调操作曾经十分成功，稳定保持了低失业率、高增长和低通胀的共存。

然而，格林斯潘后期，利率调节操作开始越来越多地偏离"泰勒法则"，屡屡压低基础利率向市场"屈膝投降"，这也是格老目前受到批评——包括泰勒本人的质疑的重要原因。

但是事实上，偏离"泰勒法则"的趋势，并非只是干涉市场这么简单。利率作为宏观政策工具的首要条件是利率的充分市场化和灵敏的传导机制。金融深化的过程中，机构之间的借贷（counterparty borrow）利率与无风险利率之间的利差，对风险的弹性越来越大，这意味着市场对央行指导性利率的反应会越来越谨慎，尤其在经济动荡的时候。眼下的伯南克面对的就是机构间的惜贷和信用萎缩，实际拆借利息率和基础利率的利差巨大且不稳定。利率为目标的货币政策传导效果正在受到考验。宏观调节手段的单一——下调利率和注资救市，也使每次危机市场都形成和强化了政策预期，让政策执行大打折扣。

更深的原因是，宏观经济学和微观经济学之间的鸿沟，虽然经过半个世纪整合的努力，在理论和政策层面上都远远没有消失。每当经济基础面临风云突变，应对政策常常有深刻的无力感。近年来，各国央行纷纷开始用包括微观基础的DSGE模型（动态随机一般均衡模型）代替传统宏观模型，一定程度上反映了政策制定者对这种困境的自觉，但是，目前的宏观调节手段对当代经济而言，依然像一条远洋航船上陈旧的铁锚。

结　语

我们总是更愿意相信，一场前所未有的暴风雨过后，将出现一个"美丽新世界"，然而，它究竟是格林斯潘自传中的"我们的新世界"，还是赫胥黎笔下荒谬的乌托邦？

眼下还言之过早。

但是，历史告诉我们，每次出现无处可逃的困境，人们就被迫回过头来解决问题，危机带来的智慧与爆发力，克服了太平年代积累的巨大惰性，引领社会走向未来。

中国，在面临产业升级和社会转型的关键时期，遇上这场惊涛骇浪，不幸也有幸，它堵住了一切容易走的出路：沾沾自喜的世界工厂，高能耗、高污染主导的出口业，刚刚开始的过度投机，缺乏经验的庞大外汇储备管理，甚至年轻人盲目的专业选择。如果中国打算成为21世纪的一流强国，这场考验同时也将是一次凤凰涅槃的机会。答案，需要我们自己去寻找。

载 2008 年 11 月《董事会》

金融市场怕不怕"伊斯兰国"？

全球恐怖主义与宗教极端活动，在近年内进入了一个有目共睹的活跃期。恐怖活动的兴起，与世界政治经济周期演变密不可分。尤其是全球化的逆向效应，世界范围不平等的纵向加深，"失败国家"的增加，或以民粹保守主义的面目，或以宗教极端的愤怒情绪，为激进力量乃至恐怖活动，提供了燃料。

"伊斯兰国"（Islamic State）应劫而生，举世震怖，这个一时风头无二的极端组织，其实远非造成危害最大的，也非基础最为深厚的恐怖团体，论行动能力和组织严密，比之于成功导演9·11事件的"基地"组织，甚至可以说难望其项背。然而在传播效率上，IS取得了前所未有的成功，究其原因，除了熟谙互联网传播的手法，用尽心理战的不对等优势，还有令人不得不骇异的"核心竞争力"——制造事件的能力。美国

马里兰大学全球恐怖主义数据库（Global Terrorism Database)
记录了1970年以来的恐怖袭击事件，活跃不到四年的"伊斯
兰国"竟然以2922次事件记录，远超活跃20年的"基地"组
织（1950次）。

金融市场捕捉事件的工具

"人生到处知何似，应似飞鸿踏雪泥。泥上偶然留指爪，
鸿飞那复计东西。"鸿雁已经飞走，雪中却有痕迹，虽然新雪
茫茫很快将要湮灭，敏感与有经验的观察者仍然能寻找到时节
的先兆。

对事件信息的接受与反馈最敏感的"雪地"，莫过于金融
市场。金融市场处理信息的绝妙之处，在于风险和收益抽象法，
将天下纷纭万事，化繁为简。无论是北极温度上升、南海岛屿
争议，还是伦敦地铁罢工、美国大选爆冷，投资者的关心通
通落在两个互为消长的计较上：对资产预期收益和资产价格波
动的影响，以及此影响变为现实的概率（风险）。更重要的是，
还有一套在现代金融理论、统计学和计量经济学基础上建立的
成熟方法体系，量化测度风险与收益，虽然这套方法也饱受挑

战，比如人尽皆知的"黑天鹅"（突发系统性风险），但总体而言，仍然无可替代。

"事件研究"（Event Study）方法，就是其中一种经典方法。其核心思想是，如果某类事件发生前后的时间段中，与其相关的资产因为价格波动，出现了"超常"的收益，并且累积起来在统计意义上是显著的，那么我们可以认为该类事件对资产收益有特定方向与程度的影响，并且可以用于预测。业绩公布、分红派息、高层更换、评级变动之类的事件影响个别资产，乔帮主辞世对苹果固然是重大损失，但对于竞争对手并无负面影响，所以投资者合理分散投资组合就能完美规避。然而到了宏观事件，覆盖面则是全市场的系统风险，无远弗届，只有影响大小之别。特别对于使系统风险短时间急剧膨胀的事件，像2008年的次贷危机到2016年新鲜出炉的英国脱欧，就是所谓"黑天鹅"。不过，用事件方法研究政治经济，并非着眼于捕捉"黑天鹅"，而是在看不清"天鹅"的羽毛颜色之时，基于过往数据在统计基础上做最优的估计。

"灰天鹅"大行其道

基于金融市场数据的事件研究，可否用于"伊斯兰国"以及类似的恐怖袭击事件呢?

以投资者集体智慧,判断威胁的真实与虚假,本质上是靠大样本汇集信息,以大数定律形成统计推断。任何随机人群中都有过度反应和反应不足的观察者,但是市场最终表现出来的是此威胁信息最大概率上的风险定价。

恐怖袭击事件与一般政经事件相比,因信息高度不对称,具有更大的不可预测性。一只真正"纯黑"的天鹅,与混沌复杂系统的非线性演化特征有关,有绝对的不可预测性,比如广为人知的"一只蝴蝶扇动翅膀引起飓风"。恐怖袭击事件介于"纯黑"和高度可期待的"纯白"之间,是一群隐约于水天暮色中的"灰天鹅"。

实际上,多数宏观政经事件都是灰天鹅,无非深灰和浅灰之别。

市场怕不怕 IS ?

笔者带领的量化金融学习小组,最近针对发生在2013年到2015年之间237宗公开报道并证实与"伊斯兰国"有关的恐怖活动事件,以土耳其、以色列、德国、英国四国的主要股票指数收益的波动为对象，以与上文类似的事件研究方法，研究了不同地缘环境金融市场受"伊斯兰国"活动影响的模式。

研究结果显示，投资者对恐袭威胁的真实性反应，与刻板印象大相径庭。市场的反馈模式，并非一般想象中的地缘越接近受影响越大。

在"伊斯兰国"活动发生最多的中东与近东地区，距离"伊斯兰国"大本营叙利亚与伊拉克地缘上最接近的土耳其市场，其两个主要股票指数 BIST30 和 BIST100，在全部窗口、事前窗口和事后窗口中的异常收益率都没有统计显著性；同样，被视为中东地区最敏感的国家以色列，其股票指数 TA25 和 TA100 回报率也没有对"伊斯兰国"的活动有明显反应。然而，在欧洲市场，德国 DAX 指数和英国的 FTSE100 指数，却对恐怖袭击有显著为负的异常回报率。

研究还发现，如果进一步区分地区性事件（发生在中东）与区域外事件（发生在中东以外），以色列、德国和英国市场对区外事件反应敏感，土耳其市场则无。

不同地缘市场也对恐怖事件中有无致死受害者反应不同。德国市场对致死事件的负面反应最强，其次是英国和以色列，而土耳其市场仍旧没有显著反应。

吊诡的地缘与行为金融学

实证研究的结果颠覆了我们对投资者行为的常识性假设，处于"伊斯兰国"活跃地域中心的土耳其市场和以色列市场，投资者远远比千里之外的欧洲投资者反应冷淡。而且有趣的是，以色列投资者甚至对发生在远方的事件比发生在身边的威胁更加敏感。

对于这种结果，一个影响因素是中心市场的投资者，比边缘市场更容易吸收信息和便于对冲风险，所以单独资产的风险影响可以更有效地扩散到市场指数波动里。信息的全球化程度让金融市场比实体经济更加容易受到中心的影响，信息的扩散方式是从欧美中心市场向新兴市场，即使事件发生在本地，信息的生产与处理却在中心市场。互联网传媒的分散化节点，只是让信息更快速有效地向中心市场流动，造成了中心市场比边缘市场信息更充分，容易对系统风险进行反应。

另一个可能的原因更加有趣。"伊斯兰国"活跃地区的投资者，有可能整体倾向于低估恐怖袭击的威胁，而区外投资者倾向于高估威胁。这是由于，地域、宗教、语言、文化越接近，人们做判断时，对私人信息的信赖程度就越高于公开信息。比如华人经济活动中对"关系"的迷思与高估。这种自信会引诱人们依赖有限和自动筛选的信息做决策，激发整体上的"幸存者偏差"。

　　依赖宏观事件（包括恐怖袭击）来构建策略的投资基金并不少见。然而，反其道而行之，利用金融市场的数据优势预测政治地缘风险，甚至精确预测重大恐怖活动，却是一个充满希望的方向。

岁晚杂谈

奢侈品的打折和不打折

　　双十一、双十二脚步刚过，又到一年圣诞新年购物季。放眼全球，佛罗伦萨与威尼斯的购物折扣村又被汹涌的亚洲人流淹没，意大利帅哥导购居然讲得一口流利汉语；巴黎老佛爷百货商场门前排了长队；伦敦赛尔福里奇商场擦亮银联卡终端，彩灯龙狮、敲锣打鼓迎接"北京镑"。

　　半年来，各国流动性宽松政策频出动作，"听得环佩响"的美元加息却尚未光临。对着便宜的欧元，和不死不活的实体经济新常态，沉入消费主义之梦"买买买"，似乎才是消愁避世之王道。

　　何况还打折呢！

　　奢侈品的内外价差和高额折扣，驱动国人蜂拥海外豪掷名牌，激发经久不衰的各色海外代购。同样一件香奈儿经典CF

手袋，法国专卖店比上海便宜30%左右，价差一万人民币不止；Gucci 和 Prada 在意大利著名奥特莱斯 the mall 里可以比国内便宜50%甚至更多。从2009年到现在，从佛罗伦萨市区到郊区购物村的班车日均车次都翻了将近一倍，可见扫货凶猛；购物村更是豪气万丈地打出了口号："Uffize can wait, the mall can not."（乌菲兹[1]等得及，折扣村等不及！）盖村中精品手快有，手慢无，莫谓言之不预也。

说到折扣，奢侈品定价机制中，本身就有两相矛盾的动力。奢侈品本就是求其非"必需"，需求弹性一定要比其他商品大得多，也就是价格调整所带来的销量变化举足轻重，折扣一落，销售额应声而起。更为诱惑的是，奢侈品行业具有"边际报酬递增"的特征。

边际报酬者，最后一单位投入带来的利润回报是也。边际报酬递减是世间常态，或人力，或土地，或时间，在固定技术水平下，对收益的贡献总是趋于衰减。当边际收益降低到与边际成本相等，投入也就有了最佳规模，止于当止之处。而"边际报酬递增"却反其道而行，最后一单位销售带来的利润是越来越多的，最后产量势必多多益善，"根本停不下来"！边际报酬递增通常发生在知识性、标准性、观念性价值远大于物质性价值，从而具有正向外部性的产品上。无形价值以及研发成

[1] 乌菲兹：佛罗伦萨闻名世界的美术馆。

本占总成本绝大部分的时候，产品的边际成本就可以忽略不记了，比如电脑软件开发价值昂贵，但可以无限零成本拷贝。更加神奇的是如果销量优势在初始阶段达到一定程度，形成了让消费者习惯的使用惯例、技术制式和消费文化，那么巨大的外部性优势将赢者通吃，把竞争者掐死在摇篮里。这类扩散过程是自组织的经典案例：顺时针方向的钟、QWERT 的打字键盘排列、Windows 桌面操作系统和后扣式胸罩。

第四次产业革命浪潮和知识经济的兴起，几乎使所有商品都具有了一部分观念商品属性，直观反应就是制造成本在总成本里比例不断下降，固定成本对可变成本的比例不断上升。奢侈品尤其明显，人人皆知它们卖的是社交辨识功能，至于实体品质，无论是高档皮具还是衣履配饰，以至相当多的钟表珠宝，早已经从标榜的手工业向集成型、工业化生产转变——换句话说，它们只是精致一点的工业品；保证品质的关键，并非广告中秀出的那些颇有意境的选料和手工——老工匠在氤氲的光线里鞣制皮革，少女们在童话般的古堡中穿针引线——而是标准化的质控管理程序。

以意大利著名奢侈品集团公司，拥有 Prada 和 miu miu 品牌的 Prada S. p. A. 为例，截至2014年上半年，其销售成本（为可变生产成本，包括原料、工资和生产费用）不过占总营业收入的28.2%，毛利率高达71.8%；而营运开支（为固定成本，主要包括广告、市场开发、基础投资、折旧和管理层薪酬）却占到总收入50.5%，远超生产成本。"三分山色半江影"，因此，奢侈品的最终售价中，实物商品不过是观念商品的载体。这也解释了为什么Gucci、LV低端线里那些LOGO醒目的PU材质手袋，看起来性价比最差，却在市场上最受欢迎。消费者其实是精明的，知道如何用最少的付出获得最高比例的观念商品价值。

观念价值的形成当然要靠广告、服务、门店、市场网络各种投入，而其变现，却华山一条路，唯有销售。和巨大的固定成本相比，边际成本简直可以忽略不计，每一单位成功新售出的奢侈单品，都会摊薄固定成本，实现规模报酬递增；与销量同时增加的品牌知名度和占有率，又会积累天然的"消费者教育社会资本"，激发羊群效应，以正反馈的成长速度吸纳新手入门；最后，这些"跳起来摸得到"的初段新手买家，将是最为热心于分辨李逵李鬼、帮助打击奢侈品牌最难摆脱的天敌——高仿盗版的一群人。所以，折扣销售对奢侈品定价来说，是塞壬的诱惑，难以抗拒的甜品，无怪奥特莱斯（折扣村）迅速发展成风靡全球的商业推广文化。

但是，针无两头利，边际报酬递增迟早会面临系统内总资源的约束。折扣泛滥、低端线过重，对品牌价值的侵蚀也是显而易见的。所以百年老店总是一副忍不住贪嘴又严格控制体重的家庭主妇作派，对可打折、偶尔打折和打死也不折的产品线以及销售分区做严格管控。同一品牌内部，季节款可以周期打折，主流款偶然打折，至于经典款，倘若打折，那就活像地产开发商冒天下之大不韪降价卖房，明天就会有愤怒的老主顾来砸售楼处，不但决不能降，还要过一年半载涨一涨价，以坚固消费者的信心。

地区策略也经过精心设计，虽然中外价差存在关税因素，但多数奢侈品的中国关税税率在15%—25%之间，远远不能解释动辄40%以上的差价，即使在免税港香港，也与欧洲价格相距悬殊。真正的原因是，欧美奢侈品在整个亚太区的定价策略就是高位硬性姿态。即使最喜欢使用折扣促销的，介于奢侈品和快消商品之间的所谓"轻奢品牌"，比如Coach、Kate Spade、Michael Kors，也是一派傲娇矜持，不肯折腰。

"醒后思量觉后禅"，奢侈品今天如此强硬，也是当年买来的教训。二三十年前，欧洲品牌也曾热衷过在亚洲走普及推广的低端路线，对当地合作者大派经营特许权，结局却是一地鸡毛，最广为人知的中国例子就是皮尔·卡丹，这个由Dior前设计总监创立的高端个人品牌由于滥发授权又未能有效监控品质，商誉迅速贬值。类似的Balenciaga在香港，YSL在日本，也经历了相同的教训，最后只能亡羊补牢地收回大部分授权。

但是归根到底，奢侈品不打折仍然赚尽天下，还是因为这些历经沧桑的老品牌们，准确捏住了亚洲社会中产文化的内在脉搏。媒体时常惊叹于亚洲消费奢侈品的年轻化，二十几岁的女孩子背着香奈儿包，戴梵克雅宝项链或者卡地亚手表，其街头回头率远超欧美。国际货币基金组织主席吉拉德，一位优雅的法国年长女士，在访问中国时就颇有意味地说过，在法国用爱马仕铂金包的女士通常须达到她这个年龄。

殊不知，奢侈品牌在中国乃至东亚，作为社交语言的语境是不同的。进口奢侈品的主要受众，亚洲的新兴中产阶级，本质上是全球化的产物。在东亚传统核心次序的家庭、职场、官场中，都找不到充分定位和表达自身地位的符号，于是他们求诸于同样在全球化中舶来的欧美奢侈品，绕开旧有等级约束，快捷、高效、简明地建立起一套新的社交文化识别系统和交流语言。欧美腕表有习俗所谓的"商人戴劳力士，医生律师戴欧米茄，工程师戴万国"，传达着一种稳定社会中各得其体、各适其意的文化情绪，而中国都市的年轻白领花相当于半年的薪水买一块俗称"黑水鬼"的劳力士潜水者手表，或者职场女生下班后才拿出来的香奈儿、YSL 手包，看似对物质的虚荣心背后却是一种骚动不安的自我预期和同类认可，在这个旧有符号或湮灭远去，或僵化凝固，而新的精神家园尚未建立的希望与波动的"小时代"中，寄托着梦想的憧憬，也抚慰着现实的落差。

后记：2015年春，受欧元贬值和亚洲消费趋淡影响，欧洲多家著名奢侈品集团开始在亚洲与中国市场尝试降价政策，试图缩小价差以平衡全球市场布局，但整体而言，奢侈品的中外价差仍然明显而稳定。

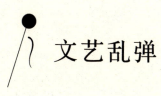

文艺乱弹

城市化道路上的作家

也谈路遥

路遥生前，尽管《人生》问世时也引起过不小的争论，但大多是针对高家林人物形象的讨论，从《人生》走红，到《平凡的世界》获得茅盾文学奖，总体上评论界给予的回应相当肯定。而且和其他主旋律作家不同，路遥从80年代到90年代中期一直保有相当大的读者群，也颇受影视界青睐。路遥去世时，是他声誉达到顶峰的时刻，哀荣备极，"用生命写作的作家"几乎成了路遥的专用代名词。

对路遥的争议是从90年代后期才变得尖锐起来。先是对文笔和结构技巧的质疑，再是争论路遥小说是否对农村、农民子弟的命运进行了失真描写和刻意粉饰。否定者认为他情节虚假，文笔粗糙，对主人公的拔高更是不可理喻，与 YY 无异。路遥本人则充其量是个"勤奋的泥瓦匠"；拥护者辩护说他朴实无华的文笔下有对黄土高原、家乡人民的深厚感情，孙少平、孙少安这些从黄土地上走出来的农家子弟，曾感动了一代青年人为梦想而奋斗，路遥小说的社会价值不可抹杀。

平心而论，双方都有一点站得住脚的理由，不过批评方的声音在今天的背景下，似乎喊得更有底气。随着城市化带来的二元对立进入白热阶段，农村题材迅速从各类严肃艺术的中心舞台退出。富裕农民，浓缩为赵本山的"黑土白云"，年年与时俱进而又无关痛痒，退化成保守价值观的喜剧符号。至于落后农村，早已变成了都市言情剧的梦魇，如今的高家林、孙少平们头上，大有可能戴着一顶路遥同学做梦也想不到的帽子——"凤凰男"。

说路遥是农村题材作家，是个想当然的误会。路遥的激情从来不在描写农村或者乡镇，那里的生活、风土人情也从没打动过他（或者说打动到要用写作抒发的程度），萧红、赵树理、孙犁甚至贾平凹笔下农村生活的节奏和情趣，并不能叫他同样着迷。恰好相反，路遥真实的激情只在于怎么离开农村，拥有一个摆脱农民定位的灵魂，这是他的纠结，也是他写作的秘密。农村只是故事不得不接受的沉重开端，命运布置的第一场磨难和人生征服的起点。他熟悉乡村的不少场景，可是只有描写县立高中、民办小学之类，他笔下才有呼吸相通的真实感。这些地方正是当年城乡命运唯一可能的交叉点。无论是《人生》

《平凡的世界》，还是类似《黄叶在秋风中飘零》的短篇，主人公总是从这里步入生活正剧，仿佛外省的青年踏上巴黎的旅途，雄心勃勃，同时惴惴不安。

这无疑是生活在别处的视角。我的同学里就有不少生长在农村却几乎没干过农活的，路遥本人应该不至于，但是，我深信一个人的文字首先服从于志趣，笔下最不可能脱离的"生活"就是作者真正关心的生活。熟悉的环境固然可以提供丰富的细节，然而重要性，远远比不上取用它们所需要的灵魂的热情。

《人生》是路遥最成功的作品，当年问世时就有人将高家林与《红与黑》中于连相比。固然高家林的舞台更加简陋寒碜，"人生"悲喜剧却有同样不逊色的荒诞。高家林是"文革"后第一代陷入类似困境的乡村知识分子，凭敏锐的本能，知道巨大希望就在前面，另一方面，能够抓到手的机会却少得可怜，每挣扎一步都伴随着庞大的压力与怀疑，他的全部努力不仅在强力面前不堪一击，在道德质问下也十分可疑。很现实，中国的拉斯蒂涅，没机会攥紧拳头向灯火辉煌的巴黎宣战——他首先必须弄到一张县城户口。尽管最后路遥还是退缩了，让高家林回去拥抱土地，让巧珍的出嫁与宽恕去惩罚高家林的灵魂，但是高家林的要求无论如何有符合人性、可以共鸣与回味的地方。整个80年代文学里，配合政治形势层出不穷的"当代英雄"，柯云路和蒋子龙们笔下各式各样的城乡改革家和"开拓者"们，现在回头看几乎没有一个能立住脚的文学形象。而路遥这个短短的中篇，一个微型野心家的失败故事，依然显得格外意味深长。

从《人生》到《平凡的世界》，路遥经历了有趣的立场变化。80年代后期中国城市化普遍飞快演进，首先凸显出巨大的正面效应，当初高家林在家乡与城市间首鼠两端的道德困境，到了孙少平兄弟已经不成问题，高家林的矛盾由孙家兄弟分饰两角、各表一枝地解决了：少安留守，成为"能人"式的本土企业家；少平进行"在人间＋我的大学"式的城市冒险，在职业变换以及和高官女儿的恋爱中寻找自我实现。路遥还意犹未尽地添上一个考上名牌大学，学"航空物理"（外行眼里足够尖端而浪漫的专业！），同省委书记儿子谈恋爱的孙家小妹。

可惜，立场的前进没有带来艺术的提升，一旦分散了他激情的源泉，"洗白"了高家林在巨大惶惑中生动的、既正当又贪婪的欲望，路遥马上显得力不从心。他淡化对物质和虚荣的本能渴求，想用几本名著的"启蒙"来点燃一条艰难道路上的精神动力，稍有点阅历的读者都会觉得幼稚。他极力铺陈的爱情，虚假到自己也不敢把它写成现实，只好把女主角草草弄死算完。他在无数细节上试图表达出诗意——女飞行员的约定，金波一见钟情的西藏少女等等——这些抒情片断（可以看出对苏联流行小说的模仿）在全书的背景里那么造作而古怪，就像中山装缀上了几颗廉价水钻。

路遥是个死在城市化道路上的作家，这条道路没有走完之前，路遥仍然会有相当多的读者。他的诚意无可置疑，对于除了茫然的希望之外一无所有、深陷苦闷中的年轻人，《平凡的世界》可能是比《老人与海》更直接的安慰和鼓励。路遥缺乏真正的想象力，也没有足够的聪明机智，所有精神养料几乎都来自早年读过的文学名著（就像他给少平安排的启蒙），以及对生活下苦功夫的观察整理。他的文笔有时简陋得根本不像职业作家，可论到讲故事的本事，我却觉得相当不坏。

记不起谁说过，世界上只有两类故事永不过时：伊利亚特和奥德赛——民族战争和个人冒险（当然都外挂恋爱插件），那么路遥应该归于后一种。不管怎么说，那种背对田野解不开的心结，是属于路遥自己独特的文学背影。在这样一个花样百出的年代里，你还有多少奢望呢？

水柱喷射，永不溅落

飞行员作家圣埃克絮佩里

一

有时阅读也能给文字造成伤害，因为阅读者老是不肯安静。

"你读过《小王子》吗？"

"……"

其实那些玫瑰、狐狸、沙漠和星星，在大堆的、着调和不着调的赞歌蜂拥而至之前，已经被嘲讽过是矫揉造作的法国式道德寓言。美丽的蘑菇是有毒的，天真的目光是空洞的，而聪明人——在我们这个古老的星球上总是过剩的。

即使在圣埃克絮佩里驾驶的战区侦察机，1944年7月31日永远消失于炮火纷飞的法国上空之后，评论家仍然没打算放过《堡垒》和《人类的大地》。前者圣经意味的笔调，后者泛神论色彩的自然观和浪漫情调，都惹他们生气。

"蠢话从地面上拿到七千公尺的驾驶舱里，难道就变成了真理？"——这是评论界对"空中康拉德"的攻击。

然而问题就在这里。尽管道德箴言式的文体，给圣埃克絮佩里的著作染上说教气息，不过"一切文学中唯有以血写成者最动人"，他用生命给自己的文学签过字画过押，镀金的下面是真金。说到底，要把圣埃克絮佩里的作品与他的人生分离开去客观评价是不可能的，不光因为他描写了那么多天空与飞行，更因为他一生的主题都在向星空寻找真理，用他自己的话——"以创造的名义对抗死亡"。这七千公尺距离的意义在于，他用写作填满飞行的间隙，却用飞行构成了对读者的具结担保。

因此我信任圣埃克絮佩里，信任他笔下每一次夜航的细节，也信任那些热情的大声疾呼，以及拯救每个人身上沉睡的莫扎特的劝诫，犹如信任他那被风力摧残成关节炎的双肩和臂膀，依然能强有力地拉动操纵杆，冲上云霄，翱翔天际。

二

在我们的国家，人们曾经过于饥饿，从而永久被饥饿的恐惧损害了安宁，会做饭的田螺姑娘故事代表着浪漫与想象力双重的乏善可陈。我们不必到星群之间探求真理，只需要坐在地上为它们制定法则。日升月恒，循规蹈矩，我们对权力的膜拜污染了天空，星星的面目也尽是人世的森严，全不思量，一个纵欲而死的帝王，何足以麻烦一颗美丽的彗星！

在探索星群的秩序时，永远不应该遗忘惊奇与谦卑。

《南方邮航》和《夜航》属于可以在青春时代激起雄心壮志的那类书籍，回头看又有一点悼挽的怅惘，就像听到杨利伟上天之时，回忆起当年读《飞向人马座》的心情。十万个少年有十万种对天空、海洋、宇宙的奢侈想象，我在十几岁的时候，认为只有"鹦鹉螺号"舷窗外的大西洋底才配称得上海洋，对家门口那片灰蓝色，有时漂浮塑料袋的海湾是不屑一顾的。然而到了《人类的大地》中，飞行家蜕变为飞行的哲学家，飞行不再是奇幻的，而是一种洗礼，一种反复的考试，或者用最平实的词语——一种生活！是的，与死亡的对抗使生活如此充满力度，而圣埃克絮佩里笔下的男子汉们因为早早为自己预定了死亡而格外生气勃勃。

这些守信用的飞行员，最终都实践了与死神的合约，在空荡荡的航图上最早标定航线的先驱们——梅尔默兹、吉约梅、多拉，一个目送另一个，相继而去，爽朗的笑声犹在耳边。

圣埃克絮佩里是最后那一个。《人类的大地》中描写他的同志们的那些篇章，那么亲切、清新，没有一点多愁善感或者夸大其词——描写逝者时最容易犯的错误。他写在老飞行员身边度过的首航前夜，一堂包括备降场、橘子树、农舍、蛇和绵羊的西班牙地理课，"灯散布光明，吉约梅散布信心"。吉约梅灯光下的微笑和手里的波尔图酒，梅尔默兹在狂欢后寒冷的黎明面向天空的轻轻感叹，补充了他们在撒哈拉沙漠、智利雪山和南大西洋的一切行为——如同沙漠之美在于深处的一口水井，一条邮航让这些传奇的男子汉们着迷的是"飞越安第斯山脉时，我感到自己是一个人"。

人！大地，天空，没有同等精神高度的观察者就毫无意义，只有飞行员才知道云海的深沉莫测，只有贝都因人才知道沙漠的隐秘自由。圣埃克絮佩里终生为做一个人而着迷，为了他的风沙和星星的美。

为了理解圣埃克絮佩里，有必要记住吉约梅在安第斯冰山上遇险归来的话："我所做的事，是任何畜牲不会完成的……"

世间再无柳文扬

一个非科幻迷的碎碎念

2007年9月的某个夜晚，我在电脑上漫无目的地寻找一本推理或者爱情小说，打算用它打发拥挤逼仄的经济舱里漫长的时间。一个似曾相识的名字跳出了搜索框——"科幻作家柳文扬逝世"。

在很早之前我看过柳文扬一篇超短的小说，写一个复制人如何用30分钟的生命去爱一个女孩子。创意平凡却很清新，几个可爱的细节一直留在脑海里，比如小伙子造出30分钟就消失的复制巧克力，讨好爱甜食又怕胖的心上人。在当时泛滥的黑洞探险、时空扭曲、生物灾难主题中间，这篇小故事有一种动人的真诚。

不过，很快我就完全跟科幻的世界拜拜，留下的最后印象是一片浮躁的瓦砾——主要成分是空心砖、三合板和鸡毛。

我对科幻作家的认识，国内停留在叶永烈的阶段，国外停留在阿瑟·克拉克的阶段，一言以蔽之，早早地火星了。

我是这么从火星回到地球的：蜷躺于飞机坐椅，一手玩命拉毯子，一手举着密密麻麻的打印书稿，空调强冷风劲吹之下，长时间保持该种姿势，不落下肩周炎相当的不容易。我的阅读灯彻夜光明，惹得邻座两个洋鬼子几次三番怒目而视——我虽然装作没瞧见，可也再没有勇气越过雷池去关那倒霉的冷气旋钮了。

好在我完全被柳文扬迷住了。

寂静无声。舷窗外，黑暗浩瀚的太平洋之上，是繁星闪烁的亘古夜空。

我一头扎进了"天才儿童溜文秧"的世界，看完意犹未尽，又把刘慈欣、星河这些新一代科幻达人的作品翻出来看——我知道您纳闷：他们也算新一代？——相当于在中国科幻史上给自己开完了三中全会，可以略带心虚地迈入新时代了。唯一痛心疾首的是，刚刚识荆说项，跃跃欲试，斯人却已经撒手长逝。

有趣的人是会早死的。

我非常喜欢柳文扬，不光他的小说，还有字里行间的他本人。有的作家小心地把自己隐藏起来，有的人喜欢在文字上假扮一种形象，也有人真正亲切地对待读者，既不重门深锁，也不过分表现。柳文扬的文集，读下来如同认识了一个朋友，幽默自然，如沐春风；他的读者嗲嗲地叫他"柳柳"、"柳大"，一如对待一个普通的、受欢迎的网络写手。

文如其人，说不对，又有点对。柳文扬的作品，短篇小说最佳，科学随笔次之，长篇小说又次之。他的科幻创意，简练而精巧，科学基础结实，耐得住反复推敲和回味，这是硬科幻响当当的指标。《神奇蚂蚁》里控制机器蚂蚁进化的不完全信息复制方式，《时间足够你玩》里的阿西莫夫机器人悖论，《毒蛇》里虚拟凶杀的不在场证明，《一日囚》中令人拍案叫绝的时空观念，篇篇闪烁着天才的原创性光彩。力大降十会，一巧破千斤，一味罗列眼花缭乱的知识点不见得是硬科幻；把一个简洁的构思深刻完美地表现出来，却绝对是可遇不可求的境界。《一日囚》就是这方面非常好的代表。

柳文扬有很好的文学天赋，注意是文学天赋而不是文学修养。不少短篇，从纯文学角度看也是相当独特。比如《去告诉她们》，行文和结构都颇有格雷厄姆·格林的气派，再比如——原谅我又忍不住说《一日囚》，这篇小说是"科幻"与"小说"真正完美的结合，甚至我觉得，如果卡夫卡或者米兰·昆德拉能够写一篇科幻小说，大概就应该类似《一日囚》。那个被困在时间里的罪人，他从哪里来？他犯了什么罪？ 他身处闹市如同洪荒，抱着什么样绝望孤独和刻骨的荒悖感，去遥望和他近在咫尺、生活在"同一天"的人们？他为什么还在尝试观察，尝试沟通与记录？这是有意识的反抗，还是无意义的本能？他还能回得来吗？

这是人类处境再清楚不过的寓言，一个科幻版的《局外人》。

柳文扬2000年前后开始主持《惊奇档案》，每期都有他执笔的封面文字，后来汇总为《柳文扬新潮科普随笔集》。这个系列篇篇精彩，脍炙人口，《惊奇档案》一时间因之洛阳纸贵。从吸血鬼到进化链，从法医学到催眠术，从姓名学到宇宙论，柳文扬把神秘现象写得严谨又风趣，十分之驱风祛邪、藿香正气。联想当时震耳欲聋的"敬畏自然"之声，更觉没有科学基础的人文关怀相当可疑。（如果非得用一种泛神论的腔调总结"自人关系"，或许"负责和友善"更靠谱一点。）神秘主义抬头的时代，科学精神一定被压抑，不管大家享受了多少技术带来的物质生活。

最出色的一篇是以进化为主题的《白色链条》。角度非常别致，以透明金字塔状"硅基生物"中一对学者师生，莅临数亿年后的地球，进行生物考古研究为线索。自作聪明的透明金字塔人卡拉卡嚓教授，从"秩序与美感"出发，用白色化石重新排列了整个地球生物进化链，鹦鹉螺由于精美的数学形式，被作为高级智能生物捧上进化链顶端；人类则由于惊人的化石数量，被认为是进化底部的一种大量繁殖的低等生物。安伯托·艾科有一个"食人族社会学家的人类学田野考察报告"，与柳柳此篇很有异曲同工之妙，但我觉得《白色链条》更丰富优美，对进化中的失落，有一种哀而不伤的思考——与文中那只在侏罗纪壮丽的黄昏陷入沉思的老年霸王龙相比，我们文明的遗迹是否比一副巨大的骨架更有说服力？

柳文扬后期写了一些奇幻，但坦率讲比他的科幻差了很多。晚期的作品中，低沉抑郁的情绪渐渐浓了起来，不复从前的乐观明快。可以想象，一个以硬科幻谋生的作家，步入而立之后，他的晨星王国会遭受多少风吹雨打。他在晋江专栏上的自述，说自己的小说"适于改编为影视剧"，这半带推销意味的措辞让我为他微微心酸，除非有大师，他的作品大多不适合视觉化。那些思维性很强的科幻创意，很难用直观的画面讲清楚——那是科幻小说独有的角落，是她在文学进化中赖以存活的隐秘基因。

世界上还有很多好的科幻作家，但是不再有柳文扬了。刘慈欣在他的博客上说，希望有平行世界存在，那么柳柳还是在那里。但我不太相信，柳文扬一定不是薛定谔那只高深莫测的猫，他绝不能忍耐身陷半死半活，他纯粹、透明、执拗，像一个"水晶金字塔"——无论柳文扬在哪里，他的身体和意识以何种物质与能量形式存在，我相信他一定能听见他的读者说——请翻到《白色链条》第13段第13小节，大声朗诵一段用中英法意德土诸语合力写成的凄美绝伦的文字：

"帅哥帅哥我爱你，就像老鼠爱大米——我们共同的偶像柳文扬之墓……"

乱弹毛姆

对毛姆一直有种相当复杂的感情,喜欢是喜欢,但又经常被撩起一种无名的情绪,想从字里行间把那位中产阶级万事通先生拽出来海扁一顿——看把你丫给明白的,德行!

聪明而不显摆,世故而不油滑,冷静也懂得热情的可贵,现实却深知理想的价值,对世人和婉而多讽,对大才不以成败而失尊敬,有小刻薄,有大眼光,侃侃如也,循循如也,上能给玉皇大帝盖瓦,下可为阎王老爷挖煤,该占的他都占了,不该他占的他也做出良好的推荐——当然后果自负,后果自负啊。

事实上毛姆自己的生活就是他多数文本的原版。当年毛姆还为"使用第一人称是否得体"和一位知名作家大吵一架,其实人家的意思,无非嫌他写文太 Mary Sue 了——但,若是一个作家拥有毛姆同学那种人生，舍得不玛丽·苏吗？贫贱过也富贵过（当然是先穷后富，要不然就不好玩啦），安定过也动荡过，两次大战没影响他周游列国，反而添了一段谍海沉浮的传奇经历，医卜文哲，学无不至，小说剧本，样样畅销，平生豪宅如海，名流如云，更绝的还是双性恋，美女帅哥的爱情都享受了，也没耽误结婚离婚有后代，90高龄善终。他的上半辈子是《人性的枷锁》，下半辈子却是《刀锋》里艾略特的物质加上拉里的精神。

但问题就在于拉里的精神不可能安然存在于艾略特的生活里。毛姆小说有种外科医生式的精准和冷静，修理起女性的虚荣心更是驾轻就熟，可是外科医生的立场简单明确，毛姆的立场却过于超脱从而显得像个看热闹的，虽然他不算个不怀好意，随时打算解构点什么的看热闹的，毕竟，在那些描绘理想主义的篇章里，比如《月亮和六便士》《刀锋》，看到世界对激情的压迫，比激情对世界的反哺，强烈得多，从而让精神的意义与大众更加疏离。

毛姆一直有二流里的一流的名声，类似于科举里的二甲第一名，谈论起来既不丢人也不装 X，很适合成为中产阶级心爱的作家，而且故事确实非常好看，语言聪明机智，让人夸奖起来不会心虚自己不诚实。茨威格的地位有点类似，但是他的多愁善感显得多少有点冒傻气，读者会更加两极分化。

毛姆，是个同时看见高高在上的月亮和你兜里的六便士的家伙啊。

　　他要是肯写侦探小说就好了！

足球随笔

德意志战车上的文艺老青年

笔者是20年德国球迷，本文是2010年世界杯期间的回忆随笔，本已时过境迁，好在足球的记忆，向来连绵不绝、承前启后。四年后，新生代的德国国家队终于圆梦，然而那种大刀阔斧、极致风格化的德国经典足球，不只是一个新的奖杯可以颠覆……

本届世界杯上，德国战车接连淘汰了英格兰骑士和潘帕斯雄鹰，刹那间哀鸿遍野，"艺术毁灭者"、"德意志跑步队"、"刻板机械足球"，诸多帽子就像条件反射一样，雪片也似的又砸过来了。可怜同人不同命，都是球迷，次次阿根廷出局的时候，球迷都可以说不向世俗妥协，为了艺术为了自由为了马拉多纳，去你个呜呜祖拉！1998年、2000年德国队被踢出去的时候，真是满大街找不着几个同情的，张口是"老爷车"闭口是"头球队"，那时候阁下要喜欢德国队，都不好意思告诉别人你是球迷。

虽然，我并不怎么待见德国现任主教练勒夫型男，有句公道话我得为他说：勒夫从斯图加特开始就致力于推动德国足球向控球技术和地面短传转型，在他担任主教练之后（甚至之前，克林斯曼时期勒夫就是真正的战术来源），更是勒令减少拼抢和犯规，削弱了长传和定位球水平。因此勒夫经常被拥护传统硬朗风格的德迷们，在各大足球论坛上热情地问候本人及家属，并被亲切称呼为"勒绵绵"和"勒娘娘"……

好吧，就让我们承认，大多数时间里，德国队或许表现得不怎么艺术，就像呼啸而过的历史火车，残忍地留下了浪漫英雄们的遗骸和他们的赞歌。不过事情总有例外，总有例外啊——偶尔你在这列铁甲火车一瞬闪过的车窗里，也能发现一抹忧郁的眼神，几颗唏嘘的胡碴，和一些拉风的 pose……

不要忘记，德国也是个盛产文艺青年的国度，你有切·格瓦拉，就不许我有少年维特？

做一个球场上的文青，不一定要踢得多杰出，却一定得符合下列两个要求：

1. 灵动的创造力与偏好细腻的技术。

没两把刷子，不会写诗不会唱歌不会歪脖拉小夜曲，文青也太好当了吧？所以工兵型球员，即使是伟大的工兵、工程师、工业部部长请自觉回避，马特乌斯、马加特、托恩、老穆勒、中穆勒（汉斯穆勒），甚至鲁梅尼格，这些最伟大的德国传统中场和进球机器，对不起了。

2. 作。

无别扭不成文青，无傲娇不成小受。虐且被虐着，痛且快乐着才是他们的追求。在一个纪律严明的国度里，叛逆不羁是天才独有的特权。这就注定了他们和各种教练各种主席各种伤病充满不和谐的故事。所以贝肯鲍尔恺撒，您的气场太不合适了……

老虎埃芬博格和狮子卡恩，你们二位似乎马马虎虎也能符合上两个条件，不过请照照镜子，好意思混进来么？文艺青年是不可以随便掐别人脖子的耶！

好了，虽然可能德国队过了明天就被真正文艺的西班牙队赶回家重修，但这不妨碍他们向更加文艺的目标进发嘛。我在厄齐尔和马林身上已经灵敏地嗅到了一丝可疑的气味。

君特·内策尔：一生负气成今日，四海无人对斜阳

这个名字就跟君特·格拉斯一样的家伙，有着一头耀眼的金色的长发，在1972年欧洲杯上，贝肯鲍尔很有"基情"地描绘他当时眼中的内策尔："我还记得他的速度，他的金发在高速奔跑中完全水平地飘起来，拉得直直的……"

风中狂奔的天才少年，差点夺走了贝肯鲍尔的金球奖。他和另一名文艺青年，科隆队的奥维拉特，并称为70年代西德足坛两大中场灵魂。在他们以后出道的天才中场球员都会生活在"新内策尔"、"新奥维拉特"的阴影下，无人可以幸免。

内策尔出道于德甲老牌劲旅门兴格拉德巴赫，这个如今经常是德甲德乙之间的升降机球队，为德国足球贡献了几位最杰出的中场天才：内策尔、马特乌斯、埃芬博格和代斯勒。在内策尔领军下，门兴1970、1971赛季两次夺冠。1973年内策尔转会皇马，成了第一个在海外取得成功的德甲球星，指引了后来舒斯特尔、马特乌斯们出国闯荡的道路。

内策尔性格桀骜不驯，叛逆不羁，在球场内外都是聚焦点。门兴能容忍他，是因为他的才华、号召力和忠诚，而内策尔在一个球场不足两万人，工资还不到不来梅一半的俱乐部一待N年，清楚地同时表现了他的文青气质——散漫，该球霸在门兴很少训练，兴致一来，就深夜驾驶他的法拉利一路狂

奔，金发飘飘不醉不归。最疯狂一次，他开着飞机跑去拉斯维加斯探望一个朋友，小酌片刻又连夜赶回，很有中国魏晋狂士风度。1973年拜仁想挖他，主教练约内策尔在豪华的西班牙王宫饭店见面，此人竟然穿着短裤T恤衫大摇大摆去了，结果被服务生赶了出来。

俱乐部工资不高，内策尔就自谋出路，兴致勃勃地做起了生意，谈起此事，内策尔得意洋洋："我在球队、在迪斯科舞厅、在餐馆、在体育杂志上所做的一切都是想使我的收入达到最高的水平。当我告诉维斯魏勒我将开一家迪斯科舞厅时，他险些惊呆了。他以为事情已经过去，可没想到我真的干了起来。我凌晨5点在酒吧数着自己的收入，计算着自己的利润。对此，他们只能听凭事情的发展。"

不过，这一切都没有影响内策尔在球场上的表现。1972年欧洲杯，在贝肯鲍尔退到自由中卫之后，内策尔和穆勒之间的配合出神入化，他对德国中场的调度炉火纯青，他做到了一个文青的最精彩发挥。

我们看看一段网上的资料：

> 在温布利跟英格兰队的比赛中，双方刺刀见红打得天昏地暗，穆勒先进一球但英国人不久就扳平了比分，这时西德队获得一个宝贵的点球。看到其他球员

都犹犹豫豫怕承担风险，内策尔可不会顾忌什么，他双手在罚球点上摆好足球，退步——助跑——起脚，球直飞大门左角，2∶1！更酷的是，内策尔整个射门过程中压根没瞧守门员一眼。西德队3∶1从英国凯旋后，内策尔成了炙手可热的大明星、"坚强不屈的条顿人"、"莱茵的英雄"。接下去，西德队又击败东道主比利时队，迎战第三次杀入欧洲决赛的苏联队。在一个月前的两队交锋中，西德队凭借穆勒独进4球以4∶1大胜过此前保持19场不败的苏联队，此番重逢，德国人自然占据了巨大的心理优势。布鲁塞尔的看台上四分之三座位上都是德国球迷，苏联队在比赛开始阶段一度连球都碰不到。在贝肯鲍尔和内策尔的组织下，德国人打出连串的流畅配合，频频撕开苏联人的防线。"轰炸机"穆勒梅开二度，西德队3∶0击溃苏联队首次捧起了欧洲冠军奖杯，穆勒以11个进球穿上"金靴"。在该年度欧洲足球先生评选中，贝肯鲍尔、内策尔和穆勒包揽了前三名，这也是内策尔所获得的最高荣誉。

这自然是真的。不过，对一个够酷的文艺青年，远远不是真相的全部。

1972年的欧洲杯，是西德自1954年世界杯夺冠之后18年来第一次拿大赛冠军，这支西德队甚至比两年之后的世界杯冠军队更强大、更梦幻。按惯例《法国足球》评出了最佳阵容，其中超过一半是西德队员，即便如此，人们还是普遍认为：西德队的原版阵容更好！现在唯一的争议，无非就是贝肯鲍尔和内策尔，一个领袖，一个核心，谁该获得金球奖？

文艺青年仅以两票之差屈居第二。

内策尔相当的不服！他认为自己被黑了——皇帝在私下做了点工作，把本来支持他的评委争取了过去。这事也让他看清了以后在国家队的前途，以及拜仁帮在德国不可逆转的得势，现在他有两个选择：

第一，暂时避让一头，等待机会带领门兴众卷土重来；

第二，干脆就转会拜仁。事实上拜仁想得到他是人人皆知。

内策尔的选择让所有人大跌眼镜，西班牙王宫酒店门前那啼笑皆非的一幕，就是内策尔给拜仁最好的回答。

永远不要低估一个文艺青年狗血的心！

1973年内策尔离开了多年的母队门兴格拉德巴赫，转会西班牙皇家马德里。从此之后，在西德国家队他再也没得到过重用，1974年世界杯只出战了一场小组赛。1975年内策尔宣布从德国国家队退役。

一生负气成今日，四海无人对斜阳。当大家感叹这位性格激烈的天才之时，谁能想到，不过寥寥几年，德国又将有一位更加偏激的天才和更加狗血的文青，完美复制内策尔的故事……

尾声

90分钟里双方踢成1：1，下面要进行加时赛，门兴教练维斯魏勒坐在教练席苦苦思考破敌之策，一时竟走了神。他没有注意到，一个多日不见的身影，飞快地溜进了更衣室。

开场哨响了，队员从通道里纷纷走出来回到球场上，维斯魏勒突然发现自己队员中冒出一个熟悉的金色脑袋，那是因为已经确定转会，被弃用了的内策尔！

这位大哥居然自己把自己换上了场！

再做什么也来不及了，只不过三分钟，内策尔中场拦截成功，带球突破，与队友波恩霍夫漂亮地二过一配合，然后内策尔禁区外左脚大力射门，球进了！

门兴格拉德巴赫获得了1973年的德国杯。

这是当年俱乐部唯一的荣誉，也是浪子君特·内策尔，留给效力11年的母队最后的礼物。

伯恩德·舒斯特尔：虚负凌云万丈才，平生襟抱未曾开

先说一段题外话，1998年世界杯之前，我在一份彩页体育杂志上看见了翻译报道雷东多的一篇文章，那时候正是阿根廷队"长发风波"正沸沸扬扬的时候，雷东多最后一句话让所有人再无可置喙：

"也许我将来会后悔，但现在我就是要这么干！"

这句话真是太帅了，太酷了，太萌了！我立马无可自拔地沦陷了，发誓只要那个变态的帕萨雷拉在位一天，我连眼角都不扫他的阿根廷队一眼！

彩页照片上，阿根廷王子白衣胜雪，长发秀美，明亮的眼睛那么坚定、那么倔强地看着你……

然后时光荏苒，到了今年的世界杯之前，马拉多纳领军出征，新闻多多。中国的媒体能力也与当年不可同日而语，巨星专访腾讯、网易都可以做了，不需要再炒人家冷饭，雷东多作为中国球迷的人气巨星自然首先被照顾。

记者问他：还恨帕萨雷拉吗？

王子沉吟片刻，微笑了："都过去了……头发剪了可以再长出来，但是世界杯过去就没有了。"

电脑屏幕前，12年过去的我泪流满面——时间是最好的老师，但它从不让自己的学生顺利毕业。

伯恩德·舒斯特尔——今天的球迷更熟知的身份是皇马前教练——的故事，比雷东多更传奇，也更悲剧，因为他的能力更全面，性格更倔强，而80年代的西德队，比1998年阿根廷队需要雷东多，还要更需要这位被公认为三十年一遇，足以通打一条中轴线的天才。

在贝肯鲍尔的国家队蓝图中，一旦舒斯特尔回归——马加特负责拎包，马特乌斯负责擦鞋，沃勒尔可以令其跑腿，鲁梅尼格可以令其捡漏。

整个80年代过去了，拎包的、擦鞋的、跑腿的、捡漏的，都已经在德国国家足球历史上书写了浓墨重彩的篇章。但是那位让所有人苦苦等待的主人公，却变成了皇冠上永远没有镶嵌上的王者之星。

80年代之后，西德队两入世界杯决赛，一次欧锦赛季军，鲁梅尼格两夺欧洲金球奖，却唯独再没有大赛冠军。联想到今天这支生气勃勃、技术焕然一新的德国队，两次止步在决赛门口，不由得令人扼腕。

是的，德国足球不依赖球星。

那是因为天才，可遇而不可求。

汤武偶相逢，风虎云龙，封王只在笑谈中——向使当时身不遇，老了英雄！

伯恩德·舒斯特尔出身于科隆，1970年后期科隆队势力崛起，代替渐渐衰落的门兴格拉德巴赫成为德甲里与拜仁争霸的主要角色。

德国球星通常大器晚成居多，少年成名的，虽然也不算少，但因为整体足球的观念，很少会把新人捧到不可理喻的地步。这届世界杯厄齐尔、穆勒让世人惊才绝艳，但是别忘了板凳上还坐着 TK（托尼·克罗斯）、马林，德国队缺少任何一个人都不是灾难——这话并不仅仅针对观众席上的巴拉克。

如果说存在唯一的例外，那么毫无疑问只有舒斯特尔。年轻的舒斯特尔刚刚登上欧洲足球舞台，就展露了令人恐怖的成熟、全面的才华。从 U-18新星，到年仅20岁以令人瞩目的方式获得欧洲杯和欧洲银球奖，他蹿红的速度毫不逊色于今天的鲁尼和梅西。"三十年一遇"是当时西德足坛对他的公认评价，虽然贝肯鲍尔、内策尔还只是不久前的回忆，虽然鲁梅尼格是正当红的欧洲一哥。

那么究竟此人何德何能呢？将舒斯特尔与过去西德，以及各年代的其他巨星做比较：

与内策尔相比：组织水平不相上下，速度和得分能力则超过不少；与马拉多纳、济科相比：盘带进攻上略逊马拉多纳半筹，传球略逊济科半筹，但这两位巨星基本不防守，而舒斯特尔防守能力极强；与马特乌斯：体能、拼抢硬朗程度或稍弱之，大局观相当，但创造力水平无疑更强；与杰拉德、巴拉克：攻守全能和远射能力相类，控球与带球技术远不在一个层次上。

在德国国家队他是80年代最杰出的前腰；在西班牙他是调度攻防的最佳后腰，身价在全球仅次于马拉多纳；而让我惊奇的还有：此人刚出道的时候居然踢自由人且评价颇高。

德式自由人已经销声匿迹久矣（似乎卢西奥在拜仁的2006、2007两个赛季的打法有一点点影子，但他在国际米兰和巴西国家队就完全不是了），并非这个战术不好，而是这个位置实在太难打了，找不到人。简单说吧，它要求中卫的稳健防守技术、中场的经验和传球视野、大范围活动的充沛体能，三者缺一不可。萨默尔曾经因为出色演绎了这个角色获得1996年金球奖，但即便如此他的失误还是比其他中场球员多。寻找一个自由人远远不是改造一个后卫或者后腰就能办到的，2000年马特乌斯离开之后，拜仁曾企图让攻防俱佳的后腰杰里梅斯接班——结果是个相当大的悲剧。

我说这些，是想证明让19岁的青年打这个要求27岁的体能、32岁的经验、40岁的足球理解的位置，是多么的不靠谱！但是舒斯特尔做到了！在票选的历史成功自由人中，舒斯特尔居然名列第四,仅在"皇帝"(贝肯鲍尔)、老马和萨默尔之后,而他仅仅在早年踢了一两年这个位置,世界上就是有人玩票都能玩出奥斯卡,你拿他怎么办?

这哪里是文艺青年嘛,分明是文豪!还是21岁就写出《静静的顿河》的肖洛霍夫级别的!

在舒斯特尔从巴萨转会皇马第一个赛季大获全胜之后,西班牙记者感慨地说:就是十条狗和舒斯特尔一起踢球,也能获得冠军。

不知道他的队友听见这话心里什么滋味。不过我想,大概很可能,舒斯特尔更希望在十条狗领导下踢球——他可以搞定神一样的对手外加猪一样的队友,但是对于主席台上坐着的那些人,文艺青年一次又一内心崩溃了。

风骚的技术和作的"体质",舒斯特尔在两方面同时达到了叹为观止的高度。在教练和足球管理者看来,他绝对是个"不折腾会死星人"。他与之闹翻的主席和教练仅我能记住的就有:努涅斯、赫雷拉、拉特克、维纳布尔斯、阿拉贡内斯、德瓦尔,最近还要加上佩雷斯。

哪个不是足球圈掷地有声的名号?

至于贝肯鲍尔·恺撒这样暗自不爽但是忍了的,我都没算。

再说俱乐部。从科隆转会到巴萨，舒斯特尔就是私下接触、自己拍板的，不惜同时得罪科隆和拜仁这两个国家队最大的黑社会；西甲岁月中他从巴萨转会到皇马再到马竞——

看西甲的都知道这仨俱乐部什么关系，而舒斯特尔曾经一度被称为克鲁伊夫之后的又一位"巴萨主人"。要想象他在俱乐部和球迷中引起的情绪，请参考2002年菲戈同学收到的慷慨的猪头大礼包。

不过，我也要为他说句公道话。舒斯特尔个性激烈目下无尘，但并非没有职业精神或者心胸狭窄之人。最典型的例子就是他和马拉多纳的关系。1983年马拉多纳转会巴塞罗那，所有人都等着看这两位第一、第二高身价，性格都不是省油的灯，而且场上位置还有可能冲突的大爷闹翻，谁料到一对瑜亮相处甚欢，就此结下二十年友谊，2005年老马心脏病手术之后，舒斯特尔还千里迢迢去阿根廷探望他。2007年老马力邀舒斯特尔执教博卡，之后舒斯特尔也在老马打预选赛最艰难的时刻发言力挺。天才的友好相处总会让我等凡人感动，但是，当然了，天才们保持和谐的代价，就是总会有别人悲剧——老马和舒斯特尔的战斗友谊是在争取教练拉特克（拜仁的功勋教练啊）下课的战争中凝聚起来的……

当然作为德迷，我们最遗憾的还是他与德国国家队的有缘无分。

以舒斯特尔出道之早，状态保持之久，居然只在德国国家队打了21场比赛（虽然表现已经足够铭刻他的英名），也真是独一无二。和坎通纳、萨内蒂们不同，没有教练主动弃用他，两届欧洲杯、三届世界杯（是的，包括威武的1990年）之前，国家队主教练都对他眼巴巴，德瓦尔几乎要把电话打爆，贝肯鲍尔亲自三顾茅庐，这种待遇克鲁伊夫当年也不过如此。

那么是舒斯特尔不识大体？自然他特立独行的脾气要负很多责任，但是全怪他似乎也未必公正。

导火索源于1980年欧洲杯，我们说过，出道时的舒斯特尔是德国当时数一数二的自由人，但德瓦尔的国家队让他打前腰位置，舒斯特尔服从了。事实证明在1980年欧锦赛这是个明智的选择，舒斯特尔在进攻中场踢得花团锦簇，一时间风头无二，直逼鲁梅尼格。

在决赛的前夜，按惯例内讧爆发。据说——注意，传言摘录，不负责真假啊——拜仁帮众人敲开了主教练的房门。我们不知道那晚发生了什么事，反正第二天德瓦尔通知小舒：后撤去打后腰（还是双后腰的一个）。舒斯特尔当场炸毛了！是我我也炸——这就相当于，假如这次德国队打进了决赛，决赛前一天勒夫告诉厄齐尔："小金鱼同学，小伙子干得不错嘛，这样吧，明天你去踢赫迪拉的位置好不好……"

不过我们知道德国队的内讧不上场，所以舒斯特尔忍着恶心打完了最后一场，然后宣布：不陪你们玩了！正好他因为转会和科隆也闹翻了，所以心无旁骛，一骑绝尘于西班牙，从此阔别德意志十三载。即使德瓦尔下台之后，贝肯鲍尔重新召唤他，他也疑虑重重。因为皇马的斯蒂里克被安排打他想踢的位置，舒斯特尔非常不爽，不好直接给恺撒难堪，于是推说太太的原因让他不想再吸引公众注意——当时他的前模特太太有张疑似"裸照"正在被媒体炒作……

写到这里我发现自己已经太八卦了，太八卦了，与我一贯努力树立的，疑似真球迷的形象相当不符啊，所以回到球场上吧！舒斯特尔驰骋西甲十年，斩获两次铜靴（他可不是前锋啊），一次助攻王（该赛季创造了皇马历史上单季最佳射手），还有一次欧洲铜球奖，团队荣誉包括西甲冠军、国王杯和欧冠亚军。但是，只有了解他才华的人才知道，他的荣誉簿本该比肩贝肯鲍尔。即使在暮年回归德甲，在勒沃库森有一个赛季德甲的十佳进球他居然包揽前三，名列第一的是一记42米开外的凌空，荡气回肠，惊世骇俗，仿佛诉说着平生未尽的壮怀与抱负……

尾声一

1980年欧洲杯半决赛联邦德国对荷兰。

这是一场无疑属于舒斯特尔的比赛。

经此一役，80年代西德最佳前腰的地位无可撼动；"30年一遇"的考语妇孺皆知。

配角一：德国前锋阿洛夫斯

任何一个在比赛中上演帽子戏法的前锋都应该是绝对主角。但是对于今后不来梅俱乐部的经理来说，他的光芒却被一头飘忽灵动的金发掩盖了，他的进球更多被认为是这位天才导演的水到渠成。

配角二：荷兰后卫克洛尔

这位1974年飞人版阿贾克斯在荷兰国家队最后的遗老，赛后声称："荷兰足球已经终结"。一位他当时的队友，多年之后谈及此事笑称"鸭梨"很大，该位与中国足球结下不解之缘的队友，请自行猜测或 google。

配角三：

在德国队战成3：0之后，西德队长汉斯穆勒被一个小年轻换下——这位18岁的愣头青，为拥有了第一次国家队出场纪录而无比激动——他要证明他有改变比赛的能力！看，他做到了！他在下半时突入禁区，铲倒了带球进攻的荷兰球员雷普，然后西德队被判罚了一个点球！（有点冤，其实没铲到人。）

好在最后比赛以3:2收场，将功补过、拼命防守的小伙子与西德队一起捍卫了自己的胜利。

赛后，德瓦尔骄傲地对新闻媒体说：这场比赛，西德国家队收获了将来十年的核心。

此时此刻，如果德瓦尔能够提前透视未来二十年……他会神奇地发现，他仍然说对了！

地上那个刚刚闯了祸的愣头青，傻傻地看着裁判，眼睛里都是不服气和倔强。

此人的名字叫：洛塔尔·马特乌斯。

尾声二：一个童话的诞生 [1]

1992年5月末。

瑞典欧洲杯开幕前十天，从预选赛杀出的南斯拉夫因为政治原因被禁赛，替补上去的是丹麦。

---

[1] 1992年丹麦国家足球队在欧锦赛上夺冠，成就"丹麦童话"，本文是个半虚构的场景，但鲁梅尼格劝说小劳德鲁普参赛确有其事。

天上突然掉下的馅饼也不容易吃到嘴。丹麦主教练尼尔森从正在装修的厨房里一手泥水地冲出来，开始疯狂给球员打电话。

这时，舒梅切尔在布隆德比准备一场无关紧要的热身赛，威尔福特正陪伴生病的小女儿，其他人大多在各地海滩享受阳光——至于丹麦的头号球星米歇尔·劳德鲁普，此前因为战术分歧，已经明确拒绝为国效力。

打完一圈之后，尼尔森忽然想起了米歇尔的弟弟布莱恩·劳德鲁普，小劳在德甲拜仁慕尼黑俱乐部效力，此前也随哥哥退出了国家队。

碰碰运气吧。

尼尔森拨通了拜仁慕尼黑董事局副主席鲁梅尼格的电话，恳切地请求帮助。

于是出现了下面一幕。

小劳：主席，找我？

鲁梅尼格：小劳啊，来来来，坐。联赛结束了，最近都忙什么呢？

小劳：打牌……

鲁梅尼格（皱眉）：这么快都学会巴伐利亚斗地主了？谁

教你的?

小劳:埃芬博格……

鲁梅尼格:(暗骂)没职业精神的死娃娃,欧锦赛以后就把你们俩打包一块卖了……[1](微笑)年轻人还是要有点追求,听说你们国家队希望你回去效力,我看机会很难得嘛。

小劳(干脆地):算了吧主席,谁不知道这次你德肯定冠了啊,你们世界冠军哪。我们本来就是替补,去了也是打酱油。再说,我哥都不去,我自己去多不好。

鲁梅尼格:酱油总要有人打——啊不,年轻人总要搏一把嘛!你哥是你哥你是你,要有主见。

小劳:我就是觉得吧,有我没我,其实无所谓。

鲁梅尼格叹了口气,心说爱去不去,不去不受伤,对拜仁更好。但是一种不知道什么样的感觉,或许是前辈的责任,或许是对人才的爱惜,或许,是很久以前,一个身影的印象太深了……他忽然觉得还是有说点什么的必要:

"布劳恩,我给你讲个故事,听完,你再做决定。这故事不长,但你要有耐心。

---

[1]　1992—1993赛季小劳德鲁普和埃芬博格一起从拜仁转会意大利豪门紫百合佛罗伦萨。

"很久以前，我有一个朋友，他的名字叫伯恩德·舒斯特尔……"

梅赫默特·绍尔：夏日最后一朵玫瑰

告别倾国倾城但是太难搞定的舒美人，继续前进。如果你对叛逆型文青已经略有审美疲劳，我们开始选择一些忧郁内涵型做出推荐，相信必有一款喜闻乐见。

中美洲农民气质大叔费利克斯·马加特，目前已经是德国本土联赛第一拉风名帅，可当初在马大帅执教拜仁的时候老是被球迷看不上。

有一个不怎么著名的笑话：

马加特的战术？首先，他选出十个万米成绩最好的队员，把他们和卡恩一起放进首发阵容，然后，当比赛进行到70分钟，他扔硬币决定谁被绍尔换下。

这个笑话的作者就是我。

不过，即使让在下代替马加特执教那时的拜仁，多半我也同样要在70分钟、比分不灵的时候，跟他一样，祭出绍尔——

同时攒出保佑他不受伤的 RP。

让我们想象一下，2005或2006赛季，拜仁某个下午的比赛：

一个秃顶中年土耳其男人在场上来回溜达，在客队那些强悍健壮的年轻后卫面前，他仿佛弱不禁风一碰就倒。但是，这位有志气的老同志并不是今年世界杯场上的罗本，后卫们发现，还没等他们意识到紧逼上去，球不知何时已经莫名其妙落到此人脚下——小年轻们开始上抢堵截，说时迟那时快，只看见一个轻盈的转身加小变线，一条精致的弧线从他们头顶匪夷所思地掠过，然后——萨利哈米季奇忽然带球狂奔20米，单刀面对门将！或者巴拉克在被右路扯出的空档里接到球，直塞前方的马凯，捅射入网！

只有这时，你才看见此人脸上的微笑。而微笑的他，让人依稀记起往昔的英俊。

王子就算自我放逐，就算沉入暮年，骨子里的绝代风华，依然难以磨灭。

今天德国队的多国部队血统，其实在很早以前就悄悄入侵了。南瓜暴君马加特，以粗糙的脚法和跑不死的体能，成功让你忘了他的中美洲血统；绍尔就没这么幸运，秀丽细腻的技术，在德甲像一堆黄豆里面醒目的绿豆，比他的土耳其式秃头更早地出卖了他——人们管他叫"最佳外援"。

绍尔幼年跟随离异的母亲来到德国，继父是一位足球老师，很意外地发现这个内向腼腆的小油瓶在球场上就像放进水缸的金鱼，突然活了起来。绍尔从继父身上不仅继承了德国姓氏，更找到了人生的正确道路。尽管他似乎一直都没有完全摆脱童年留下的不安全感，但至少他没辜负身上杰出的天赋。

　　90年代初是德国足球的光辉岁月，一流球员基本上都在意大利叱咤风云，留守本土的未免朴实一些，所以打法也更注重整体。青年绍尔在卡尔斯鲁厄的登场立刻引起惊艳，过了两个赛季就被班霸拜仁慕尼黑抢走了。拜仁在贩卖人口上的名声我也不用多说了，拿《红楼梦》里紫鹃的话："便是娶个天仙来，不过三夜五宿，也就丢开手了。"绍尔到拜仁之前，在瑞典欧洲杯上大放异彩。双双进入最佳阵容的小劳德鲁普和埃芬博格，刚刚被打包卖给意大利的紫百合弗罗伦萨。经理赫内斯万万想不到，前后脚从卡尔斯鲁厄投奔的两个正太，将挑起拜仁未来十五年的大梁，并且完成贝肯鲍尔·恺撒、鲁梅尼格和穆勒未能达成的心愿：在拜仁退役。

　　绍尔是具有创造力的球员，这可能是球场文艺青年最奇妙的一个标准。关于这点，拜仁经理赫内斯曾经评论：绍尔是德国足球乐趣的象征。

　　创造力和高超的控球、传球技术紧密相关，但两者本质上并不是一回事。比如说，我觉得西班牙的球员平均控球技术比阿根廷好，但是创造力却比不上阿根廷。

现代足球，特别是高水平比赛，常常是一个比谁先犯错的竞赛。球场上其实分分秒秒压力重重杀机四伏，观众们在看台上却只觉得昏昏欲睡——就像那个笑话：两个独孤九剑的高手对决，谁会赢？答案是晚一点饿死的那位。因为独孤九剑的要义就是后发制人，在别人先动中寻找破绽。本届世界杯决赛是一个绝好的例子，无论是西班牙队搅拌橡皮泥一样的控球传球，还是荷兰队抛开历史枷锁的火爆少林功夫，都不足以把电视机前的球迷从周公的盛情邀请之下彻底召唤回来。

但球场的创造力时刻是完全不同的，那是一种无中生有的能力，在沙砾中发现宝石的能力，把混乱点石成金地变成秩序的能力，能让观众忘了呼吸的能力。

我所见过的最富有创造力的球员无疑是马拉多纳。我觉得他完全不用跟贝利计较进1000个球什么的，很多他没进的球比进过的更有说服力。刚才看到一个帖子漂上来，又勾起我对老马的一些妙传的回忆。

有一场那不勒斯对AC米兰的比赛（似乎是1987年），老马带球被三剑客集体围堵，所有的出球路线被完全封死，包括回传球路都没有，老马也不是神仙，似乎除了硬突或者缴械投降没有别的办法了。然而令人目瞪口呆的一幕出现了！老马用脚尖把球向上一挑，在狭窄的空间里硬是创造出了一人的高度，然后鱼跃冲顶用头把球送出了重围！

还有一次，忘了是跟谁比赛，队友一个使大了的长传越过正在边线附近的马拉多纳头顶，眼看就要出界，因为传得有点离谱，防守队员都没有紧逼。然后说时迟那时快，老马突然翻身一个倒挂金钩，恰恰好把下坠中的球拦回场中，落到一个队友脚下——整个过程中老马一直背对中场，根本没有视野！

这种创造力，我总觉得，必须是在街头踢过野球才有的奇思妙想，代表着一些和胜负无关的、足球本质的快乐。另外，看多了这种被大把浪费掉的妙传，我觉得老马真是个性格温和、耐心无限的绅士呀，凭什么说他是流氓，他都没骂过他队友是猪……

一激动说多了，马拉多纳虽好，梅西虽强，西子王嫱奈何世不常有。球场文青却可以更加亲民，不一定惊世骇俗，却必须玲珑七窍，像《浮生六记》里的陈芸，平凡的生活给她来过，把那一份创造力氤氲开，就到处活色生香，滋味悠长。

总而言之，让我们来拼气质吧！

罚任意球是比赛中仅次于点球的戏剧性时刻，而且不像点球压力那么重，悬念更多，自由度更大，无论攻防都能考验技术含量。在越来越重视防守的现代足球当中，作为打开胶着局面的利器，战术地位也越来越重要。任意球就像球赛这场大戏的戏中戏，无论是主角领衔，还是群戏配合，都有独特的魅力。

德国的老国脚大都有一脚任意球（现在的德国队这方面好像就指望一个厄齐尔，顶多再有个沙尔克的边缘国脚潘德尔）。90班底的布雷默、哈斯勒、马特乌斯；后面一点的埃芬博格、安穆勒、巴斯勒、绍尔、塔纳特及代斯勒，个个是其中好手，外加喜欢搞一些精妙的间接任意球配合，有时还非常幽默。各家高手风格也不同：巴斯勒和塔纳特是当仁不让的直线重炮手；马特乌斯快猛低平，球贴着草皮嗖地一声极霸道地打穿人墙；布雷默左右脚变化扑朔迷离；哈斯勒飘风落叶斩精准无伦……

而绍尔，是其中的婉约派，紫薇软剑，风情万种之间取上将首级，震慑河朔群雄。

他让人印象最深刻的代表作，是2000年欧冠小组赛在海布里球场对阿森纳的后仰任意球，这场比赛并不特别精彩，拜仁当年的成绩也止步于四强，但是绍尔的这个入球堪称欧冠赛史上最美妙的任意球，好吧，之一。引而不发之间的举重若轻，对触点和旋转绝妙的处理，轻灵诡异的曲线，甚至最后轻盈如蝶落般的顺势滑倒，无一不看到踢球者对身体的控制极限，以及足球运动梦寐以求的身体与思考的内化合一之美。

在德国足球的低潮，和拜仁2001年欧冠后漫长的沉闷期，绍尔井井有条地梳理着两支队伍的中场，宛如肌肉里纤细的神经。随着年龄增长，他的技术愈臻成熟体能却渐渐不支，打满场的比赛屈指可数，伤病也如影随形，队友们开玩笑用绍尔不受伤的比赛日数量打赌，魔鬼教练马加特也要小心翼翼对绍尔轻拿轻放。然而就是这样的半退休状态，德国最强劲旅仍然无法摆脱对这位功勋老将的依赖。

人们说，他是德甲最后的大师。

2006年，德国新帅克林斯曼决定在本土世界杯中不召绍尔入队，德甲球迷义愤填膺，甚至几乎引起了拜仁与国家队的矛盾。最后出来灭火的仍然是绍尔自己，依然温文尔雅，平和诚挚，他感谢国家队给过自己的机会，祝福下一代国家队。

秋风初起，无数个漫长的夏日留在我手中的，只有最后一朵玫瑰。

尾声

作为一个土耳其裔德国人，绍尔的信仰却是佛教。绍尔用这种东方式的坚忍平和应对伤病坎坷，逆天改命，赢得了漫长而成功的职业生涯，和除了世界杯之外，包括欧冠和欧锦赛冠军的"小满贯"，并且还鼓励了更加命运悲催的戴斯勒。

像加菲猫说的：女朋友来来去去，只有肉卷是永恒的。绿茵文艺青年，青春不在，永恒的是，那颗文艺的心，永远不愿意去瞎蒙任何一个大脚，那样连他们早上起床都不好意思面对自己的球鞋……

上校的女儿

一

家里相册首页有一张全家福，那种郑重其事去相馆摆拍的彩照，虽然我记得当时我们已经有了不错的照相机。我真的一点也想不起来照这个相的目的，应该不是我生日，衣服季节不对——反正效果是这样的：两位神情庄重、目光炯炯的解放军中间，夹着一个眉头紧皱怏怏不乐的小女孩，画面的气氛严肃而忧伤。看着看着它，我就常常开始怀疑那年发生过一场秘而不宣的战争，这是父母在上战场之前与我诀别的证据。

不过，不管看上去多么"囧"，它却是唯一一张他们佩戴军衔的全家福，在那个短暂的"第二次军衔制"时期，我是上校和中校的女儿——听上去像本苏俄风情小说的名字。

但其实在乎这件事情的只有我。他们是务实的所谓理工知识分子。舰船工程师与医生对这些星星没有任何罗曼蒂克的情绪——当然，争取到足够多的数目还是十分重要的。

二

我的童年充斥着海港的回忆，码头和军舰的回忆，那些巨浪、灯塔、礁石以及二级驱逐舰的往事慢慢变成了一种隐秘的傲慢，变成了我的彼得·潘。在遇到挫折的时候我总能在这片Neverland里找回慰藉，记忆在岁月里模糊了，所以更加美好，因为可以用幻想去填补。

但父亲却很少在其中，虽然他是我能够拥有这些回忆的原因。

回忆我童年记忆中的我爸，最深刻的印象无疑是他对探索各种面食花样的热情。他有一本《舰艇炊事员手册》，十分宝贝，认为它丰富又实用，科学又通俗，必须好好保存以作为我未来的一项嫁妆。母亲是南方人，正餐必须吃米饭，所以只有早饭是父亲发挥才华的舞台，他尝试了无数种馒头、花卷、面条、疙瘩、烫面饼、发面饼，还有一种山东特有的，不留神准会硌掉你半个门牙的硬面饼——"杠子头"。他把我不喜欢面食归咎于小孩挑食，并且很乐观地认为，将来我迟早会开窍，像他一样热爱花卷和面条，然后找到一个同样胃口的北方女婿一起大快朵颐，从而使面条派在我们家取得最终的、压倒性的胜利。

可我要的不是面粉和米饭的战争，不是他天天在我作业上签字时的唠叨。他难道不应该教我认识大熊座的位置和北极星，或者教我在无星的月夜里，在海上如何用肉眼识别方向？他难道不应该在参加121探测舰的检修之后，给他兴奋的小女儿好好说说那艘从南极回来，给全市孩子带回企鹅做礼物的船？他难道不应该讲讲斯科特上校或者库克船长，然后意味深长地告诉我一些富有哲理的话？最后，作为从当年全国唯一的军事船舶系毕业的工程师，他难道不应该造出一条拥有巨锚和尾炮，两个导弹发射管和四个鱼雷发射管的漂亮的船，从而让我为他狂喜、骄傲？

这些都没有。

漫长的岁月里，他只是给我做了很多花卷、馒头和面疙瘩。

三

我高中第一年，父亲从部队转业到地方；大学的第一年，他失业了。

这件事，来龙去脉，让全家经历过十年漫长的折磨，因为当年在申诉材料中重复了太多次，如今我不能忍受再完整地回忆一遍。总之，结果是，父亲之后十年没有工资，没有收入。

我和母亲整理他的简历，整理那些三等功奖章、嘉奖奖状，那些他参加过的试验，护送过下水的船，80天的潜艇长航项目。我精心写一封又一封申诉长信，愤激的、煽情的、哀婉的、痛哭流涕的，各种各样的，足以组成一个申诉信的小型文库。

但是没有用。在黑暗里工作的人，永远最先被遗忘。

那些冬天的清晨，我站在公交车上，冻僵的手指握着那些信和证明材料的复印件，在四周挤得密不透风的冰凉的羽绒服和呢大衣中间，竭力保持呼吸，同时思考着我的父亲。

任何目的地都让我害怕得要命，信访局、组织部、复转军人办公室，ＸＸ处……在那些闪着寒光的眼镜片之前，所有的光荣都是锈迹斑斑的、可疑的讹诈。

我难以忘记世界上的一些目光，我真心希望现在看这篇文章的朋友，永远没有机会站在这种目光之下。

但，如果真的不幸遇到了，请不要恐惧。

想想你的父亲。

又一个寒彻肺腑的清晨过去，我走出那间堂皇的、面海的政府办公室，并不觉得室外的温度更低。海风扑面而来，越冬的海鸥凄厉地嘶鸣，徒劳地想在退潮的礁石上找到点什么。

我望着大海，无言以对。我应该愤怒地发誓有一天将为这一切复仇，我将有力量让那些漠视践踏别人尊严的混蛋滚去他们该去的地方。

但我知道，很可能我永远都做不到。我能做到的，只是更了解和爱他——我的父亲，在漫长的岁月里，其实并不只是修理了一些船底破烂的小登陆艇，和烙了许多面饼。

四

父亲在我重要的选择上从来都是保守派。

初中毕业的时候，他暗示我就算考虑中专或者职业高中也很不错；考大学的前夕，他给的意见是本地一间医学院。在考研究生还是出国的问题上，他的答案是你自己决定，但是实际上拐弯抹角，还是最好回到家乡工作和早点结婚。

我很多时候真的被父亲的建议搞到抓狂。不仅为了受伤的好胜心，更多是绝望于他居然从来不打算了解他的女儿，她的性格和梦想。

可是父亲说，既然你有主见，又何必问我呢？

我有时怀疑他被生活吓坏了，但事实并非如此。

五

父亲的同学里曾经有些很特别的、有趣的人，我一度写过一章关于他们的帖子，考虑再三最后坑掉了。

不过还是有些有意思的事可以说。

比方一位叔叔，一位舰艇高级工程师，据说从小怀着某种热切的理想，参军上学也没有让他改变——当木匠。在那个自以为能够抢班夺权的群体里，这可真是个不同寻常的壮志雄心。但上帝的确青睐有理想的人，这位叔叔一步步向他的梦想靠近，调动到一个最早开始系统规划城建的城市，转业，进入建设部门，改行，从鸡肋般的复转军人变成技术官员——最后他设计建造出一个著名的动物园！他终于得到了以中国历史上最伟大的木匠命名的奖项，而颁奖的部长，恰恰是30年前他的校友。

这件事浪漫得简直不像是真的，所以我经常有点怀疑，但另一些事就实在太真实。

如上所说，在当年那些自以为能抢班夺权的小青年当中，只有一位，的确曾有实现的可能性。他是否做了什么去实现我不知道，我知道的是，他失败了。

部队院校有森严的等级制度，作为冬闲吹糖人的农民的儿子，我父亲应该没什么可能和这个群体有联系，要是他没有在大学里爱上踢足球，并且成为了系队的二号守门员。

明白一点足球的人都知道，不出意外的话，球队的第二门将比赛中的位置通常在哪里——板凳上。

板凳上坐着很多人，尤其是一些无法拒绝他们加入，但是最好别叫他们上场的家伙。

我要说的那位叔叔本人并不在球队，童年与父母一同经历的牢狱生活，差不多完全毁了他的腰椎和健康。板凳上只是有一些他的朋友，这些年轻人当时正在热切讨论建立反坦克部队，以色列打败了阿拉伯让他们觉得很紧迫——听上去像一支大学足球队准备接管国家政权。

父亲和他们的交往仅止于此，对于反坦克导弹和这个圈子，显然他的理智超过了好奇心。但我家的旧相册里还是留下了一些照片，大学里应该有的照片——球场上的，汽车上的，支教时农家坑头上的，不论别人说什么，我觉得那都是些可爱的青年。就是那位叔叔，年轻时也长得很英俊。

后面的事情就很正常了，毕业分配后他们很快忘了父亲，父亲也不认为自己和这些雄心勃勃的同学们以后会有什么关系。

直到后来他突然被叫去回答一些问题。

六

很久之后当年那个圈子里的另一位叔叔对我说："你爸爸是个非常诚实的人。"

说这话之前，他正离开我家，准备去上海看望那位刚刚获释的主人公。灯光昏黄，他面目严肃、语气缓慢。

爸爸站起来："一定替我带好，除了身体和孩子，其他的没必要多想。"

母亲递过去一个信封。

对方拒绝："你这个情况，怎么能要你的。"

父亲叹了口气："现在除了同学，他会要谁的？"

我送那位叔叔到楼下，那是个寒冷的秋夜，下着雨，清洌湿润的寒意让人浑身一战。他身上的黑色风衣在路灯下发出淡淡的反光。

我的父母不可能知道，这件式样简单庄重的风衣，价值远远超过我们家一年的收入。

他们总是像树上掉下来的猫，最终还可以不太狼狈地落地。

我们不行。

没有人知道，诚实的代价，是父亲失去了一生中最重要的提拔机会，虽然他的出身、表现都无懈可击。如果他"上去了"，很可能不会转业，不会有后面的一切。

但他没有对昔日同窗落井下石。

我从没有问过父亲怎么看待这件事，这样的问题只会叫他难堪。

而且也不用问，我想从他那些让我火冒三丈的建议和意见中，我知道答案。

选择简单的生活。

对自己的选择负责，不要为了自己做的选择责怪别人。

我想至今我仍然不是一个愤世嫉俗的人，大概和他有关。

七

我一向反对在网上写过多的个人私事，既没意思，也不安全。

但也有例外，比如你的父亲要变成60岁老人的夜晚。

真的是老人了啊。

他希望我做的事情，我还是一件都没做到，并且，在家里，他仍然得乖乖吃米饭。

当然，我给他带来的所有稀奇古怪的礼物，他欣然接受，比方说穿戴上阿迪棒球帽和当季跑鞋，出门到处乱逛。

我仍然喜欢征求他的各种意见，然后绝不照办。

不过为了那天我还是准备了一点特别的东西。

去夏威夷开会的时候我有机会参观了密苏里号，看到的第一眼它就夺走了我的呼吸。

这是一艘无与伦比的船，闪耀着战列舰时代的全部辉煌，崇高、庄严、壮丽，让世界上的航空母舰们都去见鬼吧！我突然很滑稽地想——不是想哭，是想高歌《延安颂》"你那庄严雄伟的城墙……"

没错，它就是一座水上的堡垒，水上的迷宫，水上的长城。

父亲必须见见这条船。他当年检修"鞍山号"——曾经的北海舰队旗舰，再曾经的苏联远东太平洋舰队旗舰"果敢号"。密苏里号是它在二战中的盟友，冷战中的对手，两条船在同一年（1991）退役。

我真的带回了密苏里号的一片身躯，这要感谢美国佬的生意经，他们在密苏里号退役之后更新了甲板，然后把旧甲板劈成小片，做成台笔和墨水架子。考虑到密苏里号甲板曾经是盟军受降签字的地方，除了日本人，谁都会为"胜利之笔"的漂亮彩头叫好。

很贵，不过很值。

我带着它飞过东京湾，飞过太平洋。我觉得爸爸肯定很喜欢，但是又有一点没来由的忐忑，就像，大概像收到一张名贵的绝版 CD——因为你心爱的歌手已经死去了。

但是回来又瞎忙，为了前途，到处奔波。

但是……

八

偶然我有机会使用一个专业数据检索系统，找完需要的东西之后就开始胡乱搜索消磨时间，以求不辜负这张昂贵的 DAYPASS。

结果我发现了父亲，在一条俄文的检索说明里。

他们40年前的毕业论文，他设计了一条船，一艘护卫舰。

MY GOD，一条船！

我应该想到的！小时候真是死笨，长大了又自作聪明。我应该相信我那位木匠叔叔，为什么理想不可能是真的？我看见了她的样子，所有想象里的尾炮、鱼雷和导弹发射架都锃光发亮，她应该用我的名字命名，她美丽、坚定、毫无畏惧，哪怕面对着海上巨人密苏里号！

最后我毫不害臊地哭了，我想，现在我应该知道父亲的船，到底在哪里了。

非典型才女的一生

电影《逐爱天堂》[1]

镜头拉近：Angel 在第五本笔记本的最后一页写下夸张的花体字"The End"，我开始有点相信这个差不多需要用"欠揍"形容的自命不凡的女孩搞不好会成功。第一次动笔能够把坑填完，无论如何是攒了些人品的。天知道，世界上的好开头比好小说多出多少倍，作者们像逃离案发现场一样纷纷脚底抹了油。

动笔的活儿有点类似处决，需要轻微的仪式感和一颗冷酷的心，既然干了就有义务咬牙干下去，不好把人家杀成半死不活。可这多么的难啊！第一章的兴奋，在第二章变成了紧张，到第三章就左支右绌、语无伦次。当初精心设计的悬念忽然幼稚可笑，男主角相貌人品家世武功什么都有，就是没

---

[1] 《逐爱天堂》是法国导演欧容2007年的作品，以一位19世纪英国通俗作家为原型。

有骨头，像一张软塌塌的人皮挂在笔尖上——跑题了，打住，It＇s not confession.

杂货铺阁楼长大的漂亮女孩 Angel，有虚构故事的天才和"一颗不安分的心"，虽然只是贫穷寡妇的女儿，她对母亲和姨妈不屑一顾，天天幻想自己的真正身世是流亡贵族遗孤。她的城堡，是那座附近的庄园大宅——"天堂苑"（Paradise House），天使，本该住在天堂里。

Angel 寄出五个笔记本，得到了一封回信。她去了伦敦，和出版商 Thoe 夫妇见了面，不出意料地讨足了 Thoe 夫人的厌——这就是说，Thoe 先生非常喜欢她。她的 Mary Sue 式处女作一个字没改出书了，而且大获成功。（言情小说家的典型道路，不由人不想起琼瑶阿姨。）

Angel 功成名就，满银幕纷飞的护封、香槟、羽毛、绸缎、大言不惭、矫揉造作……镜头切换如同一连串跳跃上升的洛可可螺旋小音阶，轻盈旖旎、琳琅眩目。观众等这个嚣张的女孩倒霉已经等得不耐烦了，可是 Angel 偏不，她在空洞的装饰音上滑步飞舞，卖弄风情，冷酷而轻薄。社会向青春美女作家展开笑脸，昨日被 Angel 气得预言她将来饿死街头的姨妈，今天连和她打招呼都不敢。成名须趁早，得意须尽欢，高潮的惊叹符来临了——Angel 如愿以偿买下了天堂苑，大兴土木。自然，布置得奢华有余品味不高，不过 who care？

这样的女主角，在莎士比亚手里会出演《驯悍记》，在狄更斯笔下会被一个虔信上帝的痴情傻小子感化，在金庸书中会去设计乔峰大侠，而在阿加莎·克里斯蒂的谋杀晚会上将成为第一具尸体。

电影看到这里我才真正感了兴趣，因为从时而宠爱、时而讥讽的镜头态度里，猜不出 Angel 的命运。Angel 的才华，来自于充沛的精力、彪悍的想象力和无尽的自恋，肉感、易朽、真实，类似于酒精，类似于性欲。不过正因如此，Angel 不会让人失望，大众需要讲故事的好手，翻云覆雨，铁嘴钢牙，哪怕生孩子永远是"血淋淋"，而香槟酒也不妨用上开瓶器。

该来的迟早会来，Angel 遇上了一对姐弟，姐姐，蹩脚诗人 Nora，是她的崇拜者；弟弟 Esmy 是个怀才不遇的浪荡画家，对 Angel 表现得相当鄙视，不幸的是，他还很英俊。

Angel 坠入了爱河。观众满怀期待，等着命运化身为唐璜，教训一下轻浮的 Angel，可 Angel 居然高歌猛进，驾着金马车从胜利走向胜利，不由叫人暗骂画家先生银样镴枪头。新婚之后，Angel 在天堂苑开辟了一间豪华画室，面积可以做舞厅，窗户可以做花房，只有画家的感激后面眯起眼无可奈何的微笑，折射出这段梦幻婚姻最大的问题——光线太强了。

Angel 认真做起自己笔下的女主人公来——她的写作是编

一个梦想，她的人生却打算过一本小说。她按照全副套路一丝不苟地去爱男主人公，直到心力交瘁。

画家退缩了。能够理解，没人能忍受，言情小说里的爱情。

一战爆发了，在战争里，Angel 失去了母亲、丈夫，这些都不足以击倒她，当初使她成功的想象力足以帮她维持骄傲，让她在幻境的王国里高高在上，直到她遭到命运安排的最后一击：Esmy 一直拥有深爱的情妇和儿子。那妇人带着漂亮的小男孩从楼梯下来，苍白、优雅、温和而自信，朴素的衣裙下有Angel 不屑又深怕的东西：教养。Angel 目瞪口呆地看着情敌，仿佛看着丈夫的胶卷底版——原来他真正爱的一切与他声称的完全相反。这女人是天堂苑真正的主人，在 Angel 趴在天堂苑铁门上发梦的时候，她正是那大宅里的公主，即使现在，她仍然是被放逐的公主，而 Angel 不过是来了又去的僭主，一个粗俗的霸占了王子的女巫。

其实所有的暴发户都可能成为传奇，但需要坚持得足够长，可是 Angel 被击败了，她的市民精神、攀登的力量、几乎永不枯竭的精力，在这一瞬间，灰飞烟灭。

Angel 逝世后，她的书很快被遗忘了，或许只有两个人例外：秘书 Nora，出版商 Thoe。时间多么神奇，能把庸俗浅薄洗礼成沧海桑田。Nora 因为缺乏才华而产生的崇拜，Thoe 觊觊美色的初衷，最后居然都化为绵长而温暖的怀念。

Angel 绝不会想到这个，如同她曾经断然拒绝把天堂苑办成收容伤兵医院，她不去追求自己没有的美德。

也不在乎。

听谁的命运在高声呼喊

一部电影、一出戏剧，我竟然"听"了十年，不光台词早都烂熟，改编依据的剧本也翻了好几种，仍旧没有看过原片。这部片子变成了我头脑里一个雷光电闪、天崩地裂的幻影，梦里的梦，戏中的戏，人物的面容、行动都在变幻。只有清晰的、难忘的声音，透过几乎要被活活听烂的一盘翻录音带，从一个遥远的阴郁寒冷的国家，一个窒息幽暗的时代里，以烈火一样的爆发力传来。

没错，这是《王子复仇记》（《哈姆雷特》），莎士比亚的、劳伦斯·奥立佛的和孙道临的杰作。

"一千个人就有一千个哈姆雷特"，我的哈姆雷特是孙道临。

莎翁的戏几百年来经历了奇特的命运，被遗忘又被发现，奉为经典又颠覆解构，里面一句俚语粗话都跟着一串历代学者长长的注释。不过有一点是肯定的，永远是拍电影的好题材。早就有人开玩笑说《哈姆雷特》具备商业娱乐片的一切要素：宫廷、谋杀、暴力、鬼怪，当然还有爱情。不过要真是这样，莎士比亚的这位愁眉苦脸的王子，在当代大有可能是个不怎么称职的主角。他太抑郁，耽于精神生活，不够性感；还有偏激古板的贞操观念。如今的导演喜欢把牛仔和当代浪漫成功人士套上甲胄、长袍放进中世纪去让观众欣赏一番，就像《勇敢的心》《第一骑士》。还有人去发出大海边那漫长的、沉思的、如癫如狂的独白吗？

"活着，还是不活？"

这个问题从谁嘴里提出来都像犯神经病，唯独让装疯的哈姆雷特问出来如同万古雷霆（就像相反，深刻如"我是谁"的问题，在成龙的电影和卫慧的小说里显得造作可笑。这说明了那个调调不是谁想唱就唱得了的），除了孙道临，我绝对想不出有第二人，能够有这样喷薄的激情、准确的节奏和无比高贵的气度，哪怕把我心爱的邱岳峰、毕克放在这里也不合适。这部电影中孙道临的配音是一个绝响，是配音和声乐艺术发声的混音，孙道临多年的声乐练习显出了功力。更重要的是，孙道临本人的气质与角色吻合得天衣无缝，每一根敏感的神经纤维，从内敛到爆发都收放自如。

孙道临给人的印象沉潜含蓄、细腻略带忧郁，有生于乱世的怀疑质问精神，又有前辈知识分子理想主义的色彩，恰如哈姆雷特的中国版。他曾用了十年以《亚历士多德〈诗学〉研究》论文从燕京大学哲学系毕业，中间在日本占领时代因为"不食周粟"，居然还养了一年的奶羊。他早年的诗，完全可以在中国早期新诗流派里自成一家。在央视艺术人生他的专题中，我惊异地发现，他还那样的朴实，那样一种高贵的朴实。他的老友，神采飞扬的黄宗江在调侃他年轻时的英俊，他与"林黛玉"的姻缘，他默默地坐在那里，若有所思，没有笑容却安详得犹如一片薄薄的春阴，饱含了一季的雨水轻垂在青葱的田野上空。这样的人，在陇上牧羊时是一位放逐的王子；晚年，骑自行车在夕阳里从市井穿过，依然如同一位退隐的君王。但也许正因为这种气质，孙道临的才华没能在当时的电影表演里充分发挥出来，没有那么多精神世界细腻丰富的角色让他演，而他也并不是赵丹那样生猛鲜活、充满人间烟火气息的全能型演员。虽然《永不消逝的电波》和《早春二月》都是影响很大的一时佳作，但我总是觉得对他的积累来说那还远远不够，孙道临自谦做演员并不是最合适的，也许还是有隐隐的遗憾。比起其他艺术形式，电影更受社会气候与条件的限制，但是，艺术的精纯之处本不在数量，"可爱的王子"（sweet prince）面对命运的一声呼唤，已足以使他不朽。

"我的命运在高声呼喊，使我全身每一根细小的血管都像铜丝一样坚硬。"

每当我听见这句铿锵激越的高声台词，都忍不住血脉偾张，犹如电击火灸。这不是戏剧，而是人生，是一个人下定决心迎向未知的命运、应对疯狂的世界，发誓要再整乾坤的英雄气概；是文艺复兴时代才有的"宇宙的精华，万物的灵长"那种"大写的人"的理想境界。每个人可能都像哈姆雷特见到鬼魂的那个时刻，面前就是强大叵测的命运和阴森的真相，但是只有英雄才能发出这样的呼喊。后来，偶然知道一件事，更让我有仿佛是历史轮回的感觉。苏联年轻的图哈切夫斯基元帅1920年挥师迎击外国干涉军队之前，就念出这句对白，与当时的军事委员斯大林告别。17年后，这位著名的天才统帅被斯大林杀害。

扯远了，还是回到电影上来，这部电影的译制无论当年还是现在都是精品。而在1958年，它是刚成立不久的上译厂成长发展的一件大事，锻炼了一批未来将要大放异彩的翻译导演和配音队伍：邱岳峰的波乐纽斯、尚华的莱厄替斯、于鼎的霍拉旭……陈叙一为这部片子的翻译找了当时能找到的所有译本，最后确定以卞之琳的为基础。我读了两种最流行的，朱生豪和卞之琳的译文，朱译典雅富丽，卞译婉转流畅，也许后者更符合电影对白比较口语的要求吧。但是仍然参酌其他版本，做了很多合理的改动，锤炼出了精金美玉般的台词。比如，奥菲丽亚送别哥哥时说，希望他不要像坏牧师一样给人指出上天的崎岖路，自己却流连于花街柳巷。"花街柳巷"卞译原文是直译"馨莲花道路"，显然电影中意译更为清楚恰当。上面举出的那句台词，"铜丝"原文是"涅墨亚狮子的筋络"，用了古希腊神话的典故，直译会让中国观众费解。

那是译制片美好的清晨，杰出的作品在太阳升起后将陆续从朝霞里诞生，回望令人感慨不已。不过，每当重听《王子复仇记》，我还是会感染那样的信心，对汉语声音所能达到的崇高的戏剧之美。我珍藏着这个声音的美好的梦，像孩子一般天真执拗地决定始终不去看这部电影的原版原声。我没有任何理由地相信奇迹还会重来，我可以耐心地等，电影和我都还年轻。

载 2003 年第 7 期《读书》

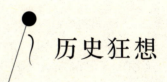

历史狂想

虚拟历史侦缉档案

夏洛克·福尔摩斯的失踪之谜

声明

　　首先声明，作为福尔摩斯先生热心和忠诚的中国读者，研究他卷入这段具有侵略和分裂背景的历史之可能性，固不免心情颇为复杂，然而，不计代价寻找真相，乃是贯穿福氏一生实践之座右铭，岂不闻西谚"吾爱偶像，吾更爱真理"？让我们与原教旨主义恐怖粉丝划清界限，对于亲爱的福尔摩斯先生，愿上帝赐我们智慧，推理那些可以推理出来的；赐我们勇敢，八卦那些实在推理不出来的；再赐我们好运，让这二者之间永远没有真正的界限吧！

　　以上。

　　闲话少叙，开瓣。

福尔摩斯的历史空白

众所周知，夏洛克·福尔摩斯一生中有三年时间消失在公众视野里，从1891年5月4日《最后一案》在瑞士莱辛巴赫瀑布附近失踪，到1894年春天在伦敦华生医生的诊所里出现两事件之间的时间，据说福尔摩斯是这样度过的：

> 我在西藏旅行了两年，常以去拉萨跟大喇嘛在一起消磨几天为乐。你也许看过一个叫西格森的挪威人写得非常出色的考察报告，我相信你绝想不到你看到的正是你朋友的消息。然后，我经过波斯，游览了麦加圣地，又到喀土穆对哈里发做了一次简短而有趣的拜访，并且把拜访的结果告诉了外交部。回到法国以后，我花了几个月的时间来研究煤焦油的衍生物，这项研究是在法国南部蒙彼利埃的一个实验室进行的。我满意地结束了这项研究，又听说我的仇人现在只剩下一个在伦敦，我便准备回来。

我一直很奇怪，聪明绝顶的福学家们，宁肯相信福尔摩斯跑出去泡了mm、生了娃娃，也不愿意认真对待一段出自他本人之口的意味深长的话。当然，这段话是由华生转述的，华生是个真正的好人（这就是说他非常的好骗），但华生对待福尔摩斯一向遵循两个凡是：凡是福尔摩斯说过的，有用没有用都要记录，凡是福尔摩斯交待的，理解不理解都要执行。所以华生的记述一般可信性很高（除非他受到福尔摩斯特别要求，隐藏或者修改某部分内容，但有趣的是，后文我们可以看到，华生经常改得笨手笨脚，反而暴露出更深的信息）。福尔摩斯自己也不像撒谎，因为骗人只骗关键部分，佐以大量真实细节才是高手，在琐碎的行程单上面说谎，效率不高。

如果这个旅行单是真实的，里面肯定有不少隐蔽而有趣的信息。20世纪的一个伟大进步，就是旅行费用大大降低了，19世纪末在世界上乱逛，绝对是件无比费钱的营生。据说一个英国单身妇女想比较舒适地环球旅行一次，需要大约5000英镑（《三角墙山庄》），如果她老老实实在家待着，只需要一年60英镑（《弗朗西斯女士失踪案》）。也就是按环球一次用一到两年记，旅行费用是居家的40—80倍。福尔摩斯没有真正环球（但是上了世界屋脊），算他是个男的艰苦一点，打个对折，2500英镑。这是什么概念呢？福家老大迈克罗夫特资深公务员的工资每年450英镑（《布鲁斯－帕廷顿潜艇计划》），大学教授莫里亚蒂同志，听说税前年薪700英镑（《恐怖谷》），也就是说福尔摩斯跑出去旅游三年花的钱最少是中产阶级4—6年的全部收入，这还不算他偷偷保留下的贝克街住宅需要支付房租。

当然，熟悉小说的同志可以马上指出，在此之前福尔摩斯接了几个高端客户的大案子，收入颇丰，听他口气好像后半辈子已经差不多了。可是，应该注意这个标准建立在福尔摩斯一个单身汉，他那节约型社会生活方式根本费不了几个钱的基础上。

从福尔摩斯对华生的坦白，我们得知，他是从替他保管财产的迈克罗夫特那里得到钱的，如果不是他自己的钱，也不太像是从迈克罗夫特区区450块收入而来，那么，"当一切其他可能都被咔嚓掉，无论多黄多暴力，无论有没有上图，剩下的就应该是传说中的真相"。

资助福尔摩斯远赴西藏的另有其人，而且极有可能是当时的英国政府。

想出把夏洛克弄去的主意的，则是在英国政府里地位微妙的迈克罗夫特·福尔摩斯。

迈克罗夫特的如意算盘

迈克罗夫特·福尔摩斯何许人也？夏洛克耸人听闻地归纳为——"某种意义上他就是英国政府"（《潜艇计划》），撇除这哥俩如出一辙的自负腔调，大福尔摩斯应该是位文官，职责类似国务院政策研究中心研究员。"他没有任何头衔和名气，却是英国政府里最不可或缺的人物"。

听起来匪夷所思，但你对英国的文官政治传统有所了解，就会发现这并非天方夜谭。喜欢看电视的读者可能还记得20世纪90年代正大剧场播放的一部政治讽刺剧《是，大臣》，该剧通篇描述"位高权重"的政治家和"谦卑的文官"（Humble Servant）之间如何互掐，以及前者如何惨败。文官有独立体系，不随政党进退，致力于利用一切可能，扩张政府预算，以及引导首相和大臣乖乖听话。

> 各个部门做出的结论都送到他那里，他是中心交换站，票据交换所，这些都由他加以平衡。别人都是专家，而他的专长是无所不知。假定一位部长需要有关海军、印度、加拿大以及金银复本位制问题方面的情报，他可以从不同部门分别取得互不相关的意见。可是，只有迈克罗夫特才能把这些意见汇总起来，可以即时说出各因素如何互相影响。开始，他们把他作为捷径和方便的手段加以使用；现在他已经成了不可缺少的关键人物了。在他那了不起的脑子里，样样事情都分类留存着，可以马上拿出来。他的话一次又一次地决定国家的政策。

让我们忽略夏洛克的溢美之词，看看实质——这位智囊的主要职责关注范围，是英国的殖民地以及殖民地周边利益。"印度、海军、金银复本位"？不要以为所谓"假如"就是随口举例——波洛先生在尼罗河上已经吃过这种亏。在19世纪末银价狂泻的冲击下，英国的金银复本位当时摇摇欲坠，同时英德海军军备竞赛已经悄然展开，需要大笔的开支，作为长期银本位的地区，印度当然是转嫁危机的第一选择——知道还有哪个大国也是银本位吗？恭喜你，正是中国。

在《布鲁斯-帕廷顿潜艇计划》中，迈克罗夫特进门劈头第一句话，部分验证了我们的怀疑："照目前暹罗的情况来看，我离开办公室是最糟不过的了。"我们甚至可以谨慎地进一步缩小范围，迈克罗夫特最主要负责的是印度和印度支那周边地区，潜艇这种欧洲问题他不过偶然插手。附带说一句，泰国（暹罗）当时出了什么状况呢？资料表明，拉玛五世国王（就是《安娜与国王》里的那个大王子，泰国历史上著名的贤明君主）正在英法两国虎视眈眈之下开矿山修铁路呢，英法为了开发商利益冲突差点捆了一架。迈克罗夫特同学的鼻子是很敏感的。

好了，迂回良久，聚光灯终于照在故事真正的舞台上了，西藏。西藏当时处于何种情况之下？有什么问题，可能牵动迈克罗夫特·福尔摩斯的视线，最终使历史上名扬四海的侦探，消失了长达三年之久？最最终，让我这样痴情的福迷不得不一边敲着键盘，一边痛苦而矛盾地在蛛丝马迹中寻找福尔摩斯与一些不怎么光彩的历史年代的联系？

1890年，也是福尔摩斯失踪的前一年，中国驻藏帮办大臣升泰和英国印度总督，在加尔各答签订了《中英印藏条约》。中国承认本属西藏管理的热纳宗归哲孟雄（锡金），正式承认哲孟雄被英国保护，同意就通商和英人入藏问题继续谈判。

没错，作为受过正规中学教育的中国人，我们一看到"18"打头的年代，以及年代后面冒出的那些衰人，"不平等条约"一词简直可以打脊柱直接反射出来，伤心的是，这种反射还总是对的。

《印藏条约》完全是无耻的武力胁迫的结果，1888年英国以阻止商旅为名，出兵攻击西藏地方政府设在哲孟雄边境的关口，引发第一次侵藏战争，要挟"通商"。英藏多次摩擦的历史中，藏军抵抗至为惨烈，其中一个片断至今令人唏嘘，刚开始对峙时，英军人少遂求和，其首领对藏军提议双方熄火，并主动让士兵从步枪枪膛里退出一颗子弹，条件是藏军把火枪的引火索熄灭。藏人纯朴，且因闭塞不了解当时英国步枪的构造，同意了请求。结果英军利用藏民的仁慈守信，在对方无法还击情况下大肆屠杀。此事太过凶残无耻，后来连一些英国人都为之震惊。

英国插手西藏的后果沉痛而深刻。清政府无力保护西藏，只好在冲突中一再要求西藏当局让步，在西藏上层引发了强烈不满情绪，十三世达赖当时正在亲政前夕，耳闻目睹，在历史的十字路口上，年轻的活佛为西藏的命运徘徊沉思——他在这篇文章中的作用，后文将详细展开。近代所谓"西藏独立"运动，最初萌芽就肇始于此刻。

不过这种消息，即使没有 BBC 与 CNN，"贝克街小分队"报童们手里叫卖的《每日电讯报》和《卫报》也不会多嘴多舌。不列颠帝国还沉浸在自以为是正午的余晖中，世界上最庞大的海军、最富庶的殖民地、最美妙的政体、最崇高的君主……

华生医生没涉及夏洛克·福尔摩斯任何政治观点（他还老实不客气给福尔摩斯打了个"政治学知识——无"的零蛋），我们无从知道福尔摩斯投自由党（此时还没有工党）还是保守党的票。而且因为没有天涯，我们也不能拜托"斑竹"调查福尔摩斯的"马甲"更多地出没于杂谈，还是国观，从而判断他是个人权大于主权的"精英"，还是个爱国帝国主义的愤青，所以我们只能从一些零星细节推测，一旦迈克罗夫特有所提议，福尔摩斯可能的反映。

但是，不要忘了，福尔摩斯先生是为侦探事业而生且永生的。如果他下定决心到什么地方去，首先，一定因为他是个侦探。

活佛的噩梦

按照福尔摩斯自己的叙述，到达西藏应该在1891年，而离开最迟不应晚于1893年下半年，因为他后面还跑到麦加、喀土穆晃了一圈，又回法国待了几个月。

这段时间恰好处于中英《印藏条约》和《印藏续约》之间。有趣的问题出现了。只有在1893年12月方签订的《印藏续约》里，才允许英国商人、旅客进入新开辟的商埠亚东，这是西藏第一次对西方开放，到1903年《拉萨条约》才开放另外一些通商地区。这意味着，福尔摩斯入藏时，民间外国旅客是不允许随便进入西藏的，无论是以英国人，还是他号称的挪威人身份！

或者像一些早期探险家，福尔摩斯是非法入境？如果是这样，他经常大摇大摆地跑到拉萨并同高层僧侣来往，对于一个非法入境者，尤其是引人注目的外国人，是完全无法解释的。

那么最可能的解释只有：福尔摩斯是合法入境的，不仅身为西藏上层人物的座上宾，而且享有极大的信任和自由。只有这样才能解释他为何可以在尚未开放，而且对西方人严加防范的西藏自由旅行如此长的时间，并能够进入西藏的中心地带。

福尔摩斯是谁的客人呢？

最有可能的，当然是那位与他共同消磨时间的"大喇嘛"。只有这个人有如此重要的地位与权力，可以给予福尔摩斯这样的特殊方便——十三世达赖喇嘛土登嘉措。

尽管群众出版社将"The Head Lama"翻译得轻描淡写，但是我们无论如何也不能忽视这个了不起的"The"——还记得"THE Woman"吗？能配得上"The Head Lama"（僧王）一词的，只有各教领袖，达赖、班禅、嘎玛巴，这些人里面，只有达赖当时驻锡在拉萨。

如果达赖十三世是邀请福尔摩斯的主人，那么，可以想象，和天下所有敲开贝克街221号B大门的人士一样，达赖喇嘛大概遇到了需要一个侦探帮忙的事件。

1891年十三世达赖喇嘛16岁，离传统的亲政时间（18—20岁）越来越近，祥云瑞霭和内忧外患同时笼罩着他的毗卢莲花宝座。与此同时，另一种古老的诅咒，如突然扼住呼吸的噩梦，一直缠绕着这个肉身神的族系（让我模仿一下华生的腔调）。

从1815年开始，九世、十世、十一世、十二世，四位达赖接连神秘暴亡，死亡时分别是十一岁、二十二岁、十八岁、二十岁。后三位都在亲政的前夕或者刚刚亲政不久夭折，几乎所有人都相信他们是被人毒死的，但是调查最后总是在干涉下不了了之。

古老的悲剧翻开了新的一幕，在新活佛亲政前夕，出现了一场延续下来的手法雷同却没有成功的谋杀？（事实上，《经济学家》已经兴高采烈地登过一篇文章，其中提到十三世达赖曾险些死于摄政王的毒害，可惜没给出支持材料。）

如果是这样，联系到十多年前的悬案和当时的危机，福尔摩斯能够在藏区旅行，展开他的调查也就合情合理了。

莫里亚蒂之谜

据说，福尔摩斯失踪的直接原因，是一位叫莫里亚蒂的数学教授。

这位能让福尔摩斯以性命相搏的头号反派，其实是个从头到尾没有直接出过场的超级龙套！华生从来没直接见过，或者从正式渠道了解过这位詹姆斯·莫里亚蒂教授，即使在所谓审判里，莫里亚蒂的情况也"几乎没有涉及"（《最后一案》）——华生对此的解释是，这位"犯罪界拿破仑"在罪犯里的声名"就像在公众中一样默默无名"，还因为俏皮话说得挺内行而颇为沾沾自喜（华生同学啊，说你点什么好……）。书中对莫里亚蒂教授一惊一乍的描述主要来自福尔摩斯的转述，在福尔摩斯失踪前和复出后发表的不同篇章里，还有显著的自相矛盾。

想必早已经有眼明手快的读者抓出了 bug：1891年发生的《最后一案》中，华生承认从没听说过莫里亚蒂这个名字，但在1888年的案子《恐怖谷》中，华生不仅知道教授，还对教授的厉害深为忌惮。

但是，华生真的如此糊涂吗？不见得。

让我们公正一点，华生医生虽然有点爱犯晕，但是，第一，好记性不如烂笔头这个原则他是坚决贯彻的，常常刚一结案甚至结案之前就开始笔录，否则也不会有这一整部扣人心弦的故事了；第二，记忆是一种遵循心理规律的现象，即使记性再差的人，也有合理的抛弃顺序，而不是毫无规律地逮什么忘什么。我们很可能首先忘了"老王哪一年结的婚"，"老王婚礼我有没有参加"相比而言就不容易忘，但如果最后一分钟情敌跑进来，拉起新娘子就跑（汗，老王，对不住了）恐怕这辈子你都忘不了这个婚礼。

华生也是这样，他可能对与福尔摩斯开始冒险的确切时间夹三缠四，但是对仅仅不久前一件受害人在福尔摩斯保护下最后也没能躲过厄运的事件不可能毫无印象。华生天性罗曼蒂克，很难想象他会把那样一个神秘危险，堪称与福尔摩斯匹敌的人物轻易抛在脑后。而且值得注意的是，《恐怖谷》虽然案件发生在前，小说发表却在福尔摩斯回来多年之后；《最后一案》则是在福尔摩斯失踪期间，受到所谓"莫里亚蒂兄弟文章"刺激写成的。（这两个故事是整个小说集涉及莫里亚蒂笔墨较多的仅有的两篇。）

再来看看《恐怖谷》，读者会发现，有关莫里亚蒂的情节（一头一尾）是强行塞进故事里的，去掉"莫里亚蒂元素"——尽管解密码的那段文字很精彩——对真正的案件情节完全没有任何实质性的影响。包括那位据说见过教授的"麦克唐纳巡官"，此案之后也杳无踪迹，仿佛有机会出场就是为了证明一下教授的存在似的……

连"莫里亚蒂"（Moriaty）这个名字也能看出一些心理学的痕迹：和他的"同伙"莫兰上校（Moran）居然连姓氏的头三个字母都是相同的。与其说是巧合，不如说是一种可疑的潦草。

写到这里，聪明的你应该已经看出我打算说什么了：所谓轰轰烈烈的"莫里亚蒂"教授，压根就是福尔摩斯自己的杜撰，给华生，更给整个世界，一个必须消失的合适理由。华生的自相矛盾，不是记忆力出了问题，而是知情后补救的努力越描越黑的后果。

这个使命，需要他在西方死去，在东方复生。

狂想曲

维特根斯坦

凡不可说的，应保持沉默。——路德维希·维特根斯坦《逻辑哲学论》

维特根斯坦！

你是否听说，我又回到了林茨。

时间的河水上飘浮着这片不朽的老白菜，懒洋洋的奥地利，脑满肠肥的奥地利，罗斯柴尔德和歌剧演员的方舟！男人们阴茎萎垂，女人们爱嚼舌头，培根肠烤得喷香，提琴声四处飘扬，每个巴黎来的女裁缝都是妙不可言的阴谋，每笔老姑娘的嫁妆都有庄严神圣的秘密。哦，奥地利，亲爱的老奥地利，我归来不是为打扰你老年人那般昏沉的睡眠，不是为你的提琴、啤酒、男人女人和歌剧，我来是为了你——

维特根斯坦！维特根斯坦！

你坐在繁复的拱券底下，像星空一样安静，你不英俊，可是美。

古老的林茨男子寄宿中学，隐秘地败坏了它尊贵的声名，那时候三色堇们拥挤得将花坛都占满，直到所有的雏菊都绝望。

你在我耳边轻快地笑，说我们刚刚谋杀了哲学。你赤裸躺在湿润的泥土上，像星空一样喧嚣，你不英俊，可是美。

犹太人维特根斯坦！钢铁和金币的后裔，卡特尔和银行家的叛逆！

那时我们在彼此怀中辗转，你的头发缠绕着我的手腕，如同最柔韧的青藤缠着忍冬树，为何我不曾记得亲吻你的感觉呢？如今我只能用自己的嘴唇亲吻你的名字，维 - 特 - 根 - 斯 - 坦，我用舌头包庇了你，用你所反对的语言久久地吻你。

一颗种子包含灾难的全部奇妙基因——中学生中间神圣的仇恨，流淌着眼泪和鼻涕——为了真理和祖国，为了拌卷心菜缺少奶油，为了你的数学成绩。那些傍晚，猫头鹰在河岸边纷纷起飞，从你手里风灯昏黄的光辉里，我看见她们严肃而忧郁。

维特根斯坦！我记得那个夜晚，在你去剑桥之前。每一个将要去剑桥的天才都在这晚怀疑自己是白痴。一切都是假相，是语言的游戏。你在我怀抱里，而我已经失去了你。

你消失在林中小路的深处，吹着口哨。露水很重，我披上了黑斗篷。

读史笔记

千古江山，英雄美人总相误

一

瑞典国王古斯塔夫·阿道夫17岁的时候，和大多数愣头青一样，不可救药地坠入了爱河，迷恋上他妈的（指皇太后，不是骂人）侍女，美丽的艾芭小姐。虽然史书上喋喋不休表扬国王从十三岁开始就如何东征西讨闻鸡起舞三过家门而不入，看来他还是找出大把时间热情洋溢一发不可收拾地投入了泡mm的活动（从后文看，说被 mm 泡可能更恰当）。

顺理成章，自由恋爱受到来自封建家长的无情镇压。皇太后坚决反对！国王需要一个实力雄厚的新教背景的新娘！要知道这时候古斯塔夫的王位还不怎么稳当呢。这事很复杂，简而言之，因为古斯塔夫他爷爷当年的一时没主意，以及后来他老爸、伯父的特别有主意，古斯塔夫和他波兰的堂哥处于对瑞典王位几乎相同的合法继承顺位上，两边最有号召力的大旗就是他们各自侍奉的教会——新教与天主教。皇太后饱经世事，深知缔姻在当前事务里的分量。老话说了，"女怕嫁错郎，男怕找错丈母娘"——没这老话？这是瑞典老话。

戏剧高潮来到了，罗密欧与朱丽叶不愿屈服，打算私奔。可惜，再大的英雄也有嫩得能掐出水的时候，特别当对手是你老妈。私奔计划迫近的一天，皇太后带着众侍女，包括艾芭小姐，到御花园游玩，太后靠在一扇打开的窗子边欣赏风景，离开之后，突然打发艾芭去关上它。果然，在窗棂上艾芭发现了用钻石戒指刻出的一行字。

One thing you want, one thing you shall; that is the way in cases such as this.

16岁的贵族少女立刻显示出与年龄不相衬的成熟冷静，她完全清楚自己在这一场女人间交锋中的资本与位置，能得到什么，能失去什么。她不是小燕子，不是紫薇，更不是香妃——她是晴儿。据说下面是她的回话：

I am happy with what I have, and thank my God for the grace of that.

堡垒从内部攻破，古斯塔夫失恋了。

两年后，艾芭嫁给了一位伯爵，终其一生在瑞典宫廷里备受荣宠，豪富敌国，儿女成群，一直活到高龄，据说她和国王后来又恢复了地下关系，一直到国王去世。总之，她得到了一个聪明女人能得到的最大幸福，远远超过今后那位王后。

爱情的悲剧，有时可以是生活的喜剧。

可是，若有人掷下王冠，在星光下为你备好白马，当他的爱情比全世界的权杖更加耀眼的那个瞬间，就是虚幻，就是短暂，就是前途危险无比，你，走不走？

二

勃兰登堡选帝侯的长女玛丽亚·埃莉诺郡主17岁的时候，已经是欧洲最炙手可热的未婚妻人选，美貌与被夸大的美德引来了欧洲宫廷里最受欢迎的追求者：奥兰治公爵、梅克伦堡大公，甚至英国王太子威尔士亲王。

瑞典人最后加入他们的行列，却第一个俘虏了少女的芳心。

今天我怎么看古斯塔夫的画像，都觉得此公除了那两撇小胡子有点气质，相貌也就凑合着能看，尤其放在满大街都是美男子的北欧。不知为什么从正史到裨官都一口咬定他是个英俊非凡的帅哥。当然，可能西方文学也有完美情结，《荷马史诗》英雄的相貌指数基本就按武力排行，排第一的阿克琉斯漂亮得扔到美女堆里都分辨不出来，转过头荷马把这事给忘了，又说阿同学如何魁梧彪悍，盔甲一般人都穿不上云云，结果阿克琉斯在我印象里最后就是一巨型人妖。

跑题了，不管怎么说，在交通不发达还没有照片的年代，大家和王昭君姑娘一样，只好靠画家的良心和水平。反正郡主一眼认准了真命天子小白脸。

但郡主的父母兄长对此大有分歧。

勃兰登堡选帝侯本人比较倾向古斯塔夫，不幸的是，他性格软弱，在家里没什么地位。选帝侯夫人，普鲁士女大公爵安娜才是说了算的那位，而普鲁士与波兰当时甚为交好，自然不喜欢跟波兰作对的瑞典，再说古斯塔夫的王位能否保住还大有疑问呢。郡主的哥哥，急于结交英国宫廷，倾向把妹妹嫁给英国王太子。

消息传到斯德哥尔摩，原本也不见得有多积极的古斯塔夫，一听到竞争对手的档次，大为兴奋起来。他做了一个让人震惊的决定，跨过波罗的海，以匿名伯爵的身份造访柏林。

古斯塔夫这人，是西方最喜欢白话的，所谓文艺复兴式的巨人——生得伟大死得传奇，文武昆乱不挡六行通透。瑞典几百年的精气神全是从短暂而波澜壮阔的瓦萨王朝而来。他的事迹也就有点半人半神，为后人所多方 Cosplay，比方说年轻时化名出去游历打工这一段，就被彼得大帝效仿，无奈后世俄国子孙蕃盛，以致世人知山寨而不知原版，难免可叹。

要我说，古斯塔夫的某些事迹何止是半人半神，简直是半人半神——经病。据说他在吕岑战役受伤落马，因为旗帜丢了，俘虏他的帝国士兵也不知道他的身份，本来没当回事，没想到这哥们半死不活之际，居然攒足一口气厉声喝道："吾乃瑞典国王是也！"当然就被人家砍了。这种"必也正名"的骑士精神或许被孔老夫子欣赏，其实根本不是那么回事，除了"活该"我没办法评论他，而且我认为很有可能对方根本就不相信，不过觉得这妄人找死，杀了算了。

就不说野史，在斯德哥尔摩的瓦萨沉船博物馆，你可以在瓦萨号上找到17个罗马皇帝的侍立像分列船头，独缺开国的奥古斯都。为什么没有这位老大呢？因为古斯塔夫觉得他就是我，我就是他，他的后代就是我的后代……想想中国皇帝够摆谱了，"天子"嘛，率土之臣莫非王臣，可也没听说谁敢在朝堂之上 cos 三皇五帝，让秦皇汉武唐宗宋祖跟后面当保安扇扇子吧。这还不算完，转世奥古斯都跟丹麦海军较劲，大搞超越技术条件的军备竞赛，非要给瓦萨号加上过重的双层炮舰甲板，结果，她的处女航凄美华丽地泰坦尼克了。

三

但古斯塔夫也有我很欣赏的特质。

作者小时，一位大师看本萝莉骨骼清奇大可造就，专门送了我两句名言，本人多年受益，恨不得跟薛宝钗似的凿在金锁片上天天戴着睡觉。现在保留版权免费公开——这位大师来自相声界，名言是这么说的：

头一句："男的没主意，受一辈子穷。"

第二句："女的没主意，受一辈子穷。"

为什么男的、女的要分开说捏？

——因为有主意的人都是相似的，没主意的人各有各的没法。

那怎样算是有主意呢？这个问题太艰深了、太艰深了。勉为其难解释一下，比方说"在一棵树上吊死"，实施这个行为，需要明确首先保证的目标，是死？还是吊死？还是必须在这棵树上吊，否则死不瞑目？这些目标本身没有优劣之分，但是怕就怕含糊、混淆，不知道自己想要什么。

知道自己想要什么，是很深刻的智慧。最没主见的人，往往却在无关紧要的问题上很固执。

古斯塔夫天生就非常明白自己要干什么，能干什么，这点与亚历山大不谋而合。他的天赋，他身边的一切资源，如同天然的元素，如同铁屑之于磁石，如自然流动的风，配合他的生命和使命。他意志下组织起来的活动，无论是战争，还是内政改革，都有一种内在的流畅恣肆。裹挟在这些历史进程里，能清楚地感到他水晶般清晰的思路，宏大锐不可当的意志，再挑剔的人民都会情不自禁地相信，他就是奥古斯都——这感受就像房龙写拿破仑，哪怕刚刚往死里骂完，一旦抬头看见这个炮兵少尉的军队从书斋外经过，还是会扔掉笔，追随他去天涯海角。

这是汉尼拔、卡拉扬、广义相对论、荷马、圣彼得大教堂本质上的同类。

但世界上还有另外一种意志，以含混不清的表象，冗长的气息，零散的秩序消耗着你的耐心，时好时不好，时灵时不灵，但是从不湮灭从不断绝，如同厚重的夜色对白昼完成深思熟虑的包围。那是费边、司马懿、富尔特文格勒、量子力学、圣经的精神。在古斯塔夫的年代，它的化身叫华伦斯坦。

人间不许见白头

悲情元帅图哈切夫斯基

一

1937年6月11日，莫斯科的夏夜美妙而短暂，瑰丽的天光里隐隐涌动着不安，城市依然静静沉睡，只是每天醒来都有人在昨夜消失，永远不再回来。

这已经是一个残酷的年代，但像这样静谧的黎明，几年之后仍将是千万人生命结束前最后的怀念。莫斯科201中学六年级学生，14岁的卓娅·科斯莫杰米扬斯卡娅枕着她心爱的《盖达尔小说集》，正在甜蜜的梦乡中绽开微笑。

没有人知道，今夜他们失去了什么。

钥匙在齿孔里悉索了半天，苏联元帅瓦西里·康斯坦丁诺维奇·布留赫尔久久站在灯下的阴影里，面无表情一动不动，直到身后的内务部官员轻声提醒。元帅轻轻哼了一声，走进了这间单人牢房。

出乎所有人意料，在此生的最后一个夜晚，犯人居然睡着了。

铁门的声音和众人的脚步声终于惊醒了他，只不过短短一个月的折磨，军人机警敏捷的反应已经荡然无存，他漠然迟钝地坐起身来，在骤然射进来的雪亮灯光里眯起眼睛。

他认出了布留赫尔，瞳仁突然紧缩了一下，下意识地向后摆动一下身体，但是很快努力镇静下来。

"被告米哈伊尔·尼古拉耶维奇·图哈切夫斯基从1924年开始，作为帝国主义间谍，背叛祖国，组织阴谋集团危害红军、颠覆苏维埃政府。革命军事法庭宣判被告死刑。"

冷冷的声音在屋里机械地流动，图哈切夫斯基知道，斯大林的许诺最终还是一个谎言，他和他的战友、亲人的命运在被捕那天已经注定了。

也许更早，在他发表文章指责骑兵至上论，力主军队改革的时候？不，还要早，早在17年前，波兰，华沙城下，斯大林拦住第一骑兵军没有驰援他的侧翼，红军功亏一篑……

1920年，27岁的"红色拿破仑"，高声朗诵着哈姆雷特中的诗句"我的命运在高声呼唤，让全身神经犹如铜丝坚硬"，率领西方面军直捣维斯瓦河，整个世界没有这么年轻的传奇，汉尼拔、亚历山大、拿破仑的传奇。

斯大林像西路战线军事委员会的其他人一样拥抱了他，祝他好运。

时光流逝，传奇谢幕，终于来到了尽头，他的生命之砂流失得比别人更快。

布留赫尔感到图哈切夫斯基的目光停留在他脸上，下意识地侧过了头。

在图哈切夫斯基的法官们中间，只有他和他最疏远，五个元帅里面，他们的轨迹，除了开会和典礼，几乎没有交集，国内战争时图哈切夫斯基在西伯利亚，而他一直在东线，后来图在列宁格勒和莫斯科，他去了远东、中国、蒙古。事实上，布留赫尔与被捕的这批军官，除了到过蒙古的费尔德曼将军之外，都不太熟悉；他也刻意不参加军队里机械派和骑兵派的激烈争吵。也许，这正是斯大林非要他当法庭庭长的原因。

不仅如此，他还是他们的行刑官。

图哈切夫斯基慢慢站起身来，仔细扣着上衣纽扣。领章和红星都已经从军装上摘去。布留赫尔静默着，留给他最后这点时间，他想这是军人应该得到的。

终于，图哈切夫斯基抬起头来，好像是对布留赫尔，又好像对远处的某个人低声说："我好像做了一场梦。"

声音很轻，但是非常清楚。

一个冷战突然流过布留赫尔全身，在对面这张英俊而饱受折磨的脸上，他猛然看见了逼近的阴冷命运。他一生中见过无数死亡，嘲笑它，蔑视它，但是他错了。这是一位元帅，和他一样功勋卓著出生入死，十分钟之后，就会变成一具冷冰冰的尸体，他的名字和荣誉将消失，永远消失。

布留赫尔目送卫兵押走了图哈切夫斯基。然后他应该到行刑的地下室去，无论愿不愿意必须去，内务部会有一个详细的报告给斯大林。

但他移动不了脚步，一个无比确定的感觉笼罩了全身，在战斗中的微妙时刻，这种感觉最后常常被证明是对的。

"不会太久的，就要轮到我了，然后……"

1937年6月12日，苏联公民在《真理报》上吃惊万分地得知，他们刚刚被领袖从一场卑鄙的阴谋中拯救出来。"以图哈切夫斯基为首的帝国主义间谍走狗的阴谋被一举粉碎了……"

举世震惊的苏联大清洗至此拉开了序幕。

二

1893年2月16日，斯摩棱斯克省的多罗戈布日县，亚历山德罗夫斯科耶庄园里，一个破落贵族图哈切夫斯基家里迎来了一个男婴的诞生，虽然不是头生子，还是为一家人带来了莫大喜悦，父亲为他起名米哈伊尔，小名米沙。

米沙渐渐长大，成了一家最夺目的宠儿。他长得非常漂亮，身材匀称健美，有一双明亮的蓝眼睛。在他一生中，俊美的仪表一直给人们留下深刻印象，朱可夫元帅暮年与回忆录编辑谈到他时，还忍不住感叹"真是一个美男子"。这一点继承自他美丽的母亲玛芙拉·彼得罗夫娜，玛芙拉是农奴的女儿，图哈切夫斯基的父亲不顾阶级偏见娶了她，这段婚姻非常美满。充满活力的母亲对米沙影响很大，她教他平等待人，摆脱故步自封的贵族眼界，热爱大自然，保持好奇心，这些在以后他人生关键时刻的选择中起了作用。图哈切夫斯基母子感情很深，在他被害之后，老母亲宁可在流放地冻饿而死，也绝不承认儿子所谓的"叛国罪行"。

图哈切夫斯基读中学的时候，全家搬到了莫斯科，他本来应该在那里读六年级，父亲希望他读文科，将来做文官或者律师，但是聪颖出众的米沙已经有了自己的想法。他的兴趣广泛得惊人，热爱文学、音乐、美术、手工艺和天文学，对现代科学和工程技术也很关注，这些爱好他几乎都终身保持着，并交了不少这些领域的朋友；但是真正能够激动这个少年的还是彼得大帝、苏沃洛夫、库图佐夫的不朽光荣，《战争与和平》的主角包尔康斯基公爵是他最喜爱的文学人物。为了了解《战争与和平》中的1812年战争，他甚至鼓动全家假日远足，拜访了托尔斯泰伯爵的庄园。

年轻的图哈切夫斯基决定从军，父亲屈服了，帮他转到了以叶卡捷琳娜大帝命名的第一武备学校接受初等军事教育。这个决定是明智的，米沙不负众望，18岁时以第一名成绩毕业。1912年，他考入亚历山大军事学院，这个学院是专门培养贵族精英军官的，两年极其严格的军事学习和训练中，米沙的表现一如既往的出色，毕业时顺利获得了中尉军衔，由于成绩名列前茅，他获得了选择服役部队的权利，他挑选了彼得格勒近卫军谢苗诺夫团，这支近卫部队是拿破仑战争时建立的，有参加博罗季诺战役的光荣历史。

此时他已经是个21岁的青年军官了，毕业典礼上穿着雪白的军礼服，佩戴沙皇亲笔的花字肩章，向尼古拉二世欢呼，和女士们共舞。图哈切夫斯基在人们眼中是个一表人才、前途无量的典型青年才俊，聪明、敏感、骄傲，有点爱争论。没有人知道这几年的军队生活在他喜欢思考的灵魂中悄悄造成的改变。

如果你读过库普林的著名小说《决斗》，就会对19世纪末20世纪初俄国军队的腐朽无能有些印象，日俄战争的惨败，是这时候俄国军界状况的一个恰当总结。裙带成风、贪污盛行、纪律涣散、缺乏理想，和米沙心目中的军队相比完全是个笑话。教官无精打采地要求年轻人忠于沙皇，而士官生中真正的偶像却是失败的十二月党人，民粹主义、无政府主义、社会民主主义各种思潮在悄悄流传，米沙谨慎地接触，开始思考俄国的前途和自己的人生。

然而，历史没有给这些年轻人更多时间，图哈切夫斯基毕业不久，俄国参加了第一次世界大战，在骤然升起的狂热民族主义气氛里，军队开始向与德军交战的前线进发，米沙所在的谢苗诺夫近卫团也在其中。

三

不管怎么说，毕业之后立刻有一个上前线大展身手的机会，年轻的中尉还是很兴奋，他对自己充满信心，根本不去想受伤和死亡。多年之后，他对好朋友，音乐家萧斯塔科维奇说，他那时已经不信任沙皇了，但是被德国人打败更可怕，因为只有一个俄罗斯。所以他勇敢而热烈地战斗，仅仅半年中就获得了六枚奖章，包括三级安娜勋章，二级斯坦尼斯拉夫勋章和四级弗拉吉米尔勋章，苏联作家霍列夫为他作传时惊叹为"英雄主义之冠"。

然而，图哈切夫斯基从战争中得到的并不仅仅是勋章。首先，残酷的战争，从书本和操场上走下来直接摆在了面前，兵凶战危，战场形势瞬息万变，图哈切夫斯基获得了战地指挥的宝贵实践经验，从一只菜鸟迅速成长为勇敢老练的基层军事指挥官。其次，现代战争的新特点引起了他的关注和思考，如何使用机动力量配合步兵，如何利用飞机以及空地协同，在当时都是军事上崭新的课题；德国军队的先进体制，尤其是参谋本部制，也使他感兴趣。而最重要的是，亲眼看到的现实让他深深感到，一支没有信念的军队是没有斗志的，也不可能取得胜利。战争初期的狂热很快就冷却下来了，军队又弥漫着怠惰无聊、得过且过的气氛，将军们为求晋升大话连篇，下级军官里赌博成风，士兵情绪低落官兵矛盾不断。从上到下，从体制、指挥到后勤保障，这都是一支毫无希望的部队。敏锐的图哈切夫斯基一针见血地预见到，一旦遇到突发的事件的引爆，整个军队就会崩溃。

但图哈切夫斯基还没有来得及好好思考这一切，"突然事件"就降临到他身上，并且改变了他的人生。1915年2月19日，在他刚刚过了22岁生日的三天之后，谢苗诺夫团遭到了德军强大火力攻击，图哈切夫斯基所在的七连被重创，他被俘了，不久被送到巴伐利亚的英格尔堡军官战俘营。

四

人生的际遇，有时着实诡谲，小图在战俘营里待了两年多，心心念念着怎么逃回俄国，但如果他真留在战场上，在形势愈加恶劣的战事中，谁知道这位未来的元帅会不会早早成了炮灰呢？而且他在德国战俘营的经历也的确有奇妙之处。图哈切夫斯基本来就年纪小，还长着一张娃娃脸，漂亮又聪明的孩子走到哪里都占便宜，战俘营里也不例外。当然，这时的军官战俘营还保存着对待敌人的厚道古风，不是纳粹德国那会儿。他后来回忆起来觉得简直都像疗养院了，只要用军人荣誉保证不逃跑，军官们就可以自由地走来走去。图哈切夫斯基用了个小花招，请别人替他签了名，之后就心安理得地一再逃跑。

他在这里人缘很好，不光交了不少关在一起的法国联军的朋友，就连德国人对这个洋娃娃似的小军官也颇多关照，以至于他常常被推举为代表和德国人谈判个伙食待遇什么的。当然，这些首先因为图哈切夫斯基的语言能力，他的祖母是法国人，因此法语说得像母语一样流畅；德语也差不多，跟有文化的德国军官谈点哲学、诗歌之类的题目不在话下（学好外语的重要性）。

战俘营聚集了各国家、各军种、各军阶的军人，理论素养出众的，实战经验丰富的，步兵、骑兵、炮兵、山地兵、海军甚至空军的都有，图哈切夫斯基突然发现自己打了半年仗之后，又回到了军校里，而且接触的知识更加实用。他抓紧时间向这些老军人学习，和他关在一起的一位法国军官，后来写了一本他们被俘期间经历的书，说 Tuka（难友们对图哈切夫斯基的爱称）总是见缝插针抓着他问关于空军的问题，尤其对跳伞这种可以在飞机坠毁后挽救飞行员生命的方式格外感兴趣；他所知道的被对方掏了个遍，却不能用听不懂的借口搪塞，Tuka 的法语像巴黎人一样好！不过后来令这位法国将军引以为豪的是，图哈切夫斯基元帅建立了全世界第一支空降兵部队，并承认一半功劳应归功于他。

五

同时图哈切夫斯基的政治思想也有了深刻的变化，他是从一个军人的角度思考和对待这个问题的。在一生的军事活动中，图哈切夫斯基都表现出了高于其他军事领导人的战略头脑，这种目光的背后，是对政治力量格局与"世界革命"形势的清醒认识。作为一个年轻军人，小图崇拜拿破仑和波拿巴主义。据维克托·亚历山大洛夫的《图哈切夫斯基事件》中追述，小图在英格堡和法国朋友们常常就民主和独裁辩论，图哈切夫斯基认为法国式的民主不适合俄罗斯这样疆域辽阔、农奴经济遗留影响严重的半封建国家（当然，那时候法国政局动荡，内阁隔三差五地垮台，看上去的确也不像什么好榜样），他同时也认为沙皇君主制导致了俄国的社会落后和军事失败，不可能长久维持下去。各种社会主张和政治力量中，谁能解决俄国当前的战争问题，谁就会赢得民心和政权。

就在这时，列宁的一张传单《致被俘同志书》悄悄流传到了战俘营里，图哈切夫斯基被布尔什维克清晰务实的主张吸引住了，列宁迅速结束战争的观点，得到了他这个深深了解军队内情的人的赞同。图哈切夫斯基发现，布尔什维克党人比那些形形色色的社会民主党派更了解俄国的实际情况，更富有行动意志和宣传力量。图哈切夫斯基是个坐言起行的人，一旦下定决心，马上开始策划逃跑。

但是战俘营管理外松内紧，真要逃出去，还是颇不容易的。小图跑啊跑啊跑，跑了五次都不成功，后来德国人被他跑得烦不胜烦，也终于想教训一下这小家伙。图哈切夫斯基被关到城堡监狱里去了，这里是关那些"不可救药"的逃跑惯犯的小号。德国人本意是把小图关几天，让他断了念头就算了。谁知道刚进门，小图就看见一个个子奇高、长相难看、愁眉苦脸的家伙一个人蹲在地上不知干什么，小图试探着一问，对方惨然一乐："我琢磨能不能挖地道啊。"得，又是一个"不可救药"的逃跑爱好者，失败次数比小图还多。两人相见恨晚，交流经验，逃跑意志更加坚定了。除了逃跑，两人在军事上聊得也非常投机，尤其是对装甲机械部队的发展和作战理论上有很多共识。这位高个子是谁？他是一位法国上尉，不是别人，正是二战法国民族英雄，第五共和国的总统夏尔·戴高乐将军。

也算老天关照，功夫不负有心人，两位顽固的逃跑分子互相帮助，居然一前一后从这个警卫森严的堡垒成功地逃了出去。小图虽然比小戴小三岁，却很够义气，自告奋勇先帮助戴高乐逃走，英雄相惜，恋恋不舍，执手凝噎——啊不对，这不是断背山巴伐利亚版——是执手握别之际约定后会有期，而且彼此预言对方在军界前程不可限量。临别之言实现了一半，他们后来的确都成了叱咤风云的人物，却再也没能见上面。二战之后，戴高乐将军访问苏联，提出要见故友的家人，当时斯大林虽死，图帅冤案还没平反，苏方说这是叛徒不好见，戴将军冷然道："我绝不相信他是叛徒。"

六

图哈切夫斯基逃出监狱之后，穿过中立的瑞士，终于回到了彼得格勒，这一天是1917年10月26日，正是十月革命爆发（11月7日）的十一天之前。虽然在战俘营里已经决心追随列宁，他并没有急于行动，而是先找到了自己的团，静观形势发展。这倒并非动摇观望，他也不知道布尔什维克的组织在哪里，何况没有介绍人，又是个沙俄军官，人家凭什么信任你呢？图哈切夫斯基被谢苗诺夫团的士兵民主选举为连长，很快，俄国历史发生了翻天覆地的变化，1918年这支沙皇近卫军宣布解散，图哈切夫斯基"失业"了，而此时他已经做了充分准备，将自己的决心付诸行动。首先是图哈切夫斯基找到了一位在全俄中央执委会工作的童年朋友，介绍他参加执委会的军事工作，后来在莫斯科防区任政治委员，1918年4月，他在全俄中央执行委员会委员 H. 库利亚布科介绍下加入了布尔什维克党。

由于他的出身、能力和经历都非常引人注目，库利亚布科把自己发展的这位"中尉党员"的情况，找机会向列宁做了汇报。列宁听了果然十分感兴趣，邀请图哈切夫斯基和他见面。此时新生政权正面临敌人四面包围和反扑，急需有经验的军事干部。小图见到了这位钦慕已久的革命家，还没来得及表达江水般滔滔不绝的敬仰之情，就被列宁当当当当提了一堆问题，顿时有点懵。首先列宁仔细盘问了他从德国逃回来的经过，列宁自己是被德国开绿灯从瑞士送回国的，生怕别人也一样照猫画虎给他送个捣乱分子来。图哈切夫斯基的回答让他基本满意，政治考完了，再考专业，列宁请他谈谈如何建设社会主义新军队的问题，这下子正中下怀，图哈切夫斯基对建军问题思考了不是一天半天了，于是抖擞精神，从组织、纪律、军务几方面侃侃而谈，把列宁听得暗暗赞许。列宁的确是心胸广阔、眼界高远的一代革命家，知人善任、用人不疑，一旦认为对方的确政治可靠能力出众，就不理什么背景出身，大胆提拔使用。图哈切夫斯基在这次面试之后，很快得到了新任命，6月27日，他被任命为东方面军第一集团军司令员，受命到伏尔加中游与叛乱的捷克白匪军作战。此时，图哈切夫斯基年仅25岁。

七

1918年春天开始，苏维埃俄国的军事、政治和经济形势进入了一个极度危急时刻。苏德虽然签订了《布列斯特合约》，但是来自协约国的威胁增大了。英国表哥并没有收留尼古拉二世，祭出大旗却毫不含糊，3月6日，协约国军队占领摩尔曼斯克，15日协约国总理和外长联席会议通过决议"对俄国东部联合干涉"，英美日军队开始在远东进攻；在经济方面，一战已经使俄国濒于崩溃，尤其因为劳动力不足，农村里饥荒蔓延，贫农和富农的矛盾严重激化，著名的《静静的顿河》中就对此有生动描写。君主派、立宪派、社会民主党和孟什维克派也趁此机会建立了一批反布尔什维克的政权，在图哈切夫斯基将要奔赴的伏尔加流域的萨马拉，就有一个6月8日成立的社会民主党和孟什维克联合的政府——立宪委员会。

5月28日，根据列宁的建议，苏俄在全国实行战时状态，统一收集粮食和燃料（即著名的战时共产主义），6月13日宣布建立东方面军，图哈切夫斯基将要领导的部队就在其下。但是，动身的时候小图是个名副其实的光杆司令，只有一个番号编制而已，他必须自己亲自去创建这支目前还是子虚乌有的部队。小图倒也不气馁，拿了委任状就兴冲冲去上任。到了萨马拉，和他接头的是老布尔什维克瓦列里安·弗拉基米罗维奇·古比雪夫——他以后的政委。这位古比雪夫是小图过去一个同学的哥哥（小古比雪夫后来也是一位红军军长，1937年死于大清洗），也算颇有渊源，两人合作得非常愉快，图哈切夫斯基在建军过程中首次展现了他作为一个统帅的才华，既有宏观掌握的能力，又有缜密细致的计划，在最短时间内，他就成功建立了一支有战斗力的军队。古比雪夫对他的表现印象深刻，为小图写了一份评价非常高的鉴定。

刚刚有了可以领导的人，图哈切夫斯基马上面临残酷的战争考验，这支崭新的军队没有多少时间训练，就必须开始战斗。此时形势进一步恶化了，东方面军的司令员穆拉维约夫是个左派社会党人，7月10日，呼应左派社会党在莫斯科等大城市的暴动，他宣布反对布尔什维克的军队，准备和捷克军队联合起来进攻莫斯科。虽然反叛很快被镇压下来，但是军队的锐气受挫，8月2日，喀山陷落，布尔什维克军队陷入土耳其、哥萨克、捷克、德国、协约国军队的四面包围中，危在旦夕。

但是，兵家讲究以奇胜正，以局部优势换整体时间。而且，敌人尽管强大，分析起来也不是没有弱点。主席曰：一切帝国主义都是纸老虎。笔者曰：一个帝国主义是真老虎，一窝帝国主义就变成纸老虎了。包围苏俄的众多军事势力，战略决心严重不统一。协约国的军队战斗力水平最高，但战略决心最差，此时又臭又硬的帝国主义分子丘吉尔在英国内阁里正受着排挤，他那真知远见的反动主张——"必须把布尔什维克扼杀在摇篮里"暂时还没有占上风，协约国的大部分注意力放在欧洲西线，出兵苏俄是为了反对《布列斯特合约》，逼苏俄继续打一战。土耳其、哥萨克打着恢复君主制的旗号，实际以趁火打劫为目的，没有真正的战役配合意图。真正叛乱的捷克军队人数并不多，在取得一点初期战果之后，就暴露出了混乱和散漫，不仅没有及时补充上兵员（当然，他们没抢过小图征兵的快手脚），而且由于据守城市而丧失了骑兵的机动优势。

很快，在方面军新司令员瓦采季斯的指挥下，红军稳住了阵脚，开始转入反攻。这位瓦采季斯也是沙俄军队出身的军事专家，所以对第一集团军司令员图哈切夫斯基的使用比较大胆和信任。《苏联档案选编》里保存着1918年8月，瓦采季斯给最高军事委员会主席托洛茨基的一份电报，为小图打抱不平。原因是有人在上面告黑状，说小图的部队抢占民房，包括苏维埃机关的房子。瓦采季斯生气地指出这是一种"严重挑拨离间"的行为。可见，从国内战争早期开始，红军内部对于前沙俄军事人员的意见矛盾，已经埋下了阴影。

随着战事的逆转，反布尔什维克势力慌乱中出了臭招——暗杀和恐怖行为。8月30日，托洛茨基专列遇袭；三天后，列宁在发表演讲后被一个女社会民主党人（还是个年轻学生）击中两枪，一颗子弹打中肺叶。小时候看过《列宁在1918》的，应该还有印象。这种恐怖行为激起了公愤，红军上下同仇敌忾，士气高涨。9月初，红军收复喀山。9月12日，图哈切夫斯基指挥第一集团军，在短短几天中漂亮地收复了辛比尔斯克——列宁的故乡，这是图哈切夫斯基在国内战争中第一次重要战果，在他上任仅仅两个多月之后。

初露锋芒的图哈切夫斯基，开始在红军中受到上下关注。

列宁在辛比尔斯克收复的第二天就致信东方面军，高兴地称这是"伤口上一条最好的绷带"；古比雪夫、瓦采季斯为他写的出色鉴定——都提到了他"出众的军事天赋和正直的品质"——交到了托洛茨基手里，年轻的司令员赢得了他的赞赏，托氏开始考虑在更高的军队领导岗位上使用他。很快，南方对哥萨克白匪的战事激化，1918年底，图哈切夫斯基被调到南方面军任司令助理，他亲临前沿，协调两个集团军的行动，实际上发挥了前敌总指挥的作用。

然而，就在军旅生涯渐入佳境的时候，1918年秋天，图哈切夫斯基的个人生活却受到了第一次悲剧性打击。他新婚几个月的妻子——玛露霞·伊格诺蒂夫娜突然去世了，死因记载语焉不详，最多的说法是自杀。玛露霞是一位美丽的金发女郎，与图哈切夫斯基在莫斯科结婚，他们认识过程已不可考，不过既然图哈切夫斯基1914年就去打仗了，他们应该在1917年10月之后认识的，看来是一场闪电式的恋爱。关于自杀的原因，一种说法是玛露霞在东线探望丈夫时，被人抓到从军队往家里偷运食物，为了保护丈夫的声誉，妻子开枪自尽（哈罗德·舒克曼《斯大林的将军们》）；还有说法是，玛露霞的出身教养，与工农军队里的气氛和其他将领的家属格格不入，受到孤立，图哈切夫斯基又忙于军事无暇体贴年轻的妻子，玛露霞陷入抑郁，在失望中一时没想开。（《图哈切夫斯基事件》）

不管怎么说，这位悲剧性的姑娘还是深爱丈夫的，弱女子举枪饮弹，性格也着实刚烈。兵荒马乱，这场悲剧不过是个短暂插曲，图哈切夫斯基不久又结婚了，第二任妻子也是个美人，叫尼娜·叶甫根尼娜。不过，玛露霞的死在他心底还是留下了隐痛，再婚之后很长时间，他在莫斯科的住宅门牌上仍然留着第一任女主人的名字。

总的来说，小图不算个好丈夫，我虽然花痴他，却也深知嫁给他一定没个好，不仅工作起来根本不顾家，而且风流倜傥，绯闻从来就没断过。好在尼娜是个开朗活泼的女子，喜欢社交和娱乐，到后来生活条件好一些的时候更是如此，拿今天的话说就是个派对动物，基本不干涉丈夫拈花惹草。（当然也可能管不了，出于无奈。）

八

这是一个最好的时代，这是一个最坏的时代，但绝不是一个平庸的时代，夜空幽暗无边，一代代青年的眼睛却只被灿烂的群星吸引——这是人类永恒的正剧，难以言喻的情怀。不朽如梦，如梦又如何？此刻图哈切夫斯基立马于南乌拉尔的浩瀚群山，回望漫地烽火，虽然是苏俄内战，但他却直觉般地认为自己正置身于一个改变人类命运的瞬间。年轻的司令员心潮澎湃，连坐骑都在缰绳下激动地隐隐颤抖。革命，如同火山喷发的壮丽，大地震动的恐怖，她将给古老的罗斯，给动荡的欧洲，给新地平线上的世界带来什么呢？

"我的命运在高声呼喊，让身上每一根微小的血管如同狮子的经络一样坚硬。"宛如《哈姆雷特》中见到父亲鬼魂的王子，图哈切夫斯基作为一个战士迎向了命运的召唤。苏俄国内战争，从军事角度上看具有一种独特的两重性，一方面似乎是落后的，第一次世界大战上已经出现了用大量自动武器、速射火炮、坦克和飞机装备起来的军队，绵亘正面在战斗中形成，阵地战形式发展得非常成熟和充分。在大量掩体和铁丝网组成的战场上，骑兵和步兵几乎程度相同地受到限制，马匹成了一种主要的交通工具而非战斗工具。而苏俄国内战争中，落后的经济和动荡的社会条件，使战场上没有产生有效的绵亘正面，"骑兵仍然作为行动最灵便的兵种发挥作用"（《罗科索夫斯基元帅回忆录》），马匹来源的丰富和旧军事教育下的骑兵干部的成熟，也决定了骑兵战的主导地位，苏维埃的一句最流行的征兵口号就是："无产者，上马！"

然而，还有一个方面虽然不太为人注意，却是具有启发性的，那就是速度与机动被提到了战役决定性的高度。进攻和防御都被赋予了前所未有的机动性,纵深突击、侧翼迂回、动态防御,这些新的战术理念,最先在大规模的骑兵遭遇战中萌芽。图哈切夫斯基的大部分军事经验,其实也是在国内战争中获得的,但是与弗罗斯洛夫、布琼尼包括叶戈罗夫这些老骑兵军官的区别之处,在于他具有完备的理论素养和富有想象力的天性,善于发现常见事物身上不同寻常的一面。这点说起来容易,却是万中难以拔一的素质啊,牛顿看见苹果落地会得到启发,而我们看见苹果落地(或者还没等它落地)只会拿着往嘴里送。国内战争中,图哈切夫斯基的两次出色之作:对高尔察克的兹拉托乌斯特战役和对邓尼金的叶戈尔雷克斯卡亚战役,其中可圈可点之处,莫不显示了他对这种机动性的独特把握。

九

第一次世界大战结束后,协约国腾出手来对苏俄组织了三次干涉,主要通过原帝俄军官和邻国武装实现,也就是人们比较熟知的对高尔察克、邓尼金和波兰的战争。从1919年春到1920年底,高尔察克从东,邓尼金从南,波兰从西先后与红军展开了大规模作战。与前一个阶段的混乱无章不同,这些干涉力量不仅规模巨大,而且战略目的明确,协同指挥有力,年轻的红军面临着真正的考验。

1919年3月，高尔察克部队沿交通干线迅速推进伏尔加中游地区，15日乌法陷落。列宁向全党发出抵抗号召。刚刚经过艰苦战斗的东方面军分成了南北两个集群，北方集群司令绍林，南方集群司令就是后来大名鼎鼎的米哈伊尔·伏龙芝。图哈切夫斯基此时在伏龙芝领导下任第五集团军司令。4月28日到6月下旬，南方集群先后组织了布古鲁斯兰、别列别伊和乌法战役。5月20日，图哈切夫斯基挥师强渡别拉亚河，解放了比尔斯克，跃进乌拉尔山前地带，并吸引住高尔察克西伯利亚集团军回护侧翼。

1919年6月24日，在俄共中央决议后，红军正式转入对高尔察克的反击，第一阵的任务就落在了东方面军第五集团军身上，此时它的司令员正是南线的图哈切夫斯基。这次进攻的战役目的是解放南乌拉尔工业区，战役开始前的力量对比是：

红军第五集团军：步骑兵2.2万人，火炮90门。
高尔察克西集团军：步骑兵2.7万人，火炮93门。

从人数和武器上看，高尔察克方略占优势，而且还占据着别洛列茨克—乌法河—乌拉尔山脉的防御纵深。同时，和红军简陋的装备与后勤保障相比，对手拥有协约国提供的大量军需品和有经验的军事顾问。

图哈切夫斯基的对手高尔察克将军，他的名字过去只是作为"著名反动派"为我们熟知，事实上他却是一个非常有意思的，公正地说，也是极为杰出的人物，值得花点篇幅加以介绍。亚历山大·瓦西里耶维奇·高尔察克（1874—1920）是塞尔维亚人的后裔，毕业于圣彼得堡海军学校，参加过日俄战争和一战，十月革命之前，他是当时的黑海舰队总司令，海军上将。不同于我们从宣传中得到的印象，高尔察克是一个以慷慨豪侠、清廉正直著称的骑士，并且具有出众的军事才能。他提前八年就向海军参谋部预言了一战爆发并提出计划（未得到理睬）；在一战中指挥了里加战役，击退进攻彼得格勒的德国海军陆战队；同时他是一位公认的水雷战大师和德国军舰克星，他的舰队强有力地保证了黑海制海权。

另外，高尔察克还是一位优秀的水文学者和极地探险家，曾两度长时间深入北极，发现了不少处女地，其中一个岛屿，由于苏联政府的疏忽直到1937年还用着他的名字命名。1906年，高尔察克的学术著作《喀拉海和西伯利亚海的积冰》一书荣获俄国皇家地理学会的最高奖赏：大君士坦丁金质奖章。他绘制的地图和航海图志，为后来北冰洋航道的开辟奠定了基础。

1919年夏天，站在年轻的图哈切夫斯基面前的，就是这样一位在自己还是士官生时就如雷贯耳的全才人物，对方身后还有2000公里战线上分布的近40万干涉部队，整个西方的支持，友军的策应。这是一场中尉对上将的战役，然而历史之手偏爱这样的时刻，让风云消长，让王车易位，一如它在1893年对待少尉拿破仑·波拿巴。

面对红军进攻，高尔察克西集团军的防御布置是：以伏尔加军和乌拉尔军为主力，以乌法军为预备队，在别洛列茨克、阿沙－巴拉绍夫、乌法河成梯次形防御。这个部署依山据水、犄角相应，应该说并不算败笔，然而，图哈切夫斯基的进攻却是灵活大胆的神来之笔：他以集团军两个主力师（26、27师）沿公路（比尔斯克大道）和河道（尤留赞河），用最快速度推进，从右翼进行深远包围突击，绕开敌人精锐，找力量相对薄弱的预备队下手。与此同时，用一个步兵旅和一个独立骑兵旅沿铁路从正面进行钳制突击；最后，以两个师分别从南北两侧进攻，保障战役实施并扩大战果。

6月24日，红军主力趁夜强渡乌法河，沿尤留赞河谷高速猛进，迂回包围敌乌法军，7月2日开始，经过五天的激烈战斗，突击集群重创敌预备队乌法军和闻讯来援的一部分乌拉尔军，强迫残敌退守到艾河对岸；同时，伏尔加军在钳制集群的打击下，加上害怕与己方部队切断，也向艾河撤退；这时，图哈切夫斯基用于策应的两个师趁机占领了别洛列茨克和尤留赞，将敌人压制到艾河一线。随后，7月10日，图哈切夫斯基命令第五集团军各部发动总攻，击溃高尔察克军的艾河防御，在追击中穿越乌拉尔山，13日解放了兹拉托乌斯特，胜利完成战役。

从攻防的战役部署，能清楚地看到双方战术思想的差异，这场胜利是时间和速度的胜利，在总兵力没有优势的情况下，图哈切夫斯基居然使几乎每一个接敌的时间和空间里都形成了局部优势。高速的穿插迂回、兼备佯攻和钳制作用的正面进攻、行动时间的巧妙协同，都被发挥得淋漓尽致。特别是对机动的把握和对预备队的使用这两点上，已经出现了日后"大纵深"作战思想的影子。

1919年底，图哈切夫斯基因为战功卓著，被授予荣誉革命武器——一把金剑。这个浪漫主义的奖赏与骑兵军的时代倒是很般配，可以列为珍藏版，因为国内战争之后，荣誉武器就改成手枪了。1920年初，在西伯利亚游击队配合下，图哈切夫斯基率第五集团军，通过克拉斯诺亚尔斯克战役粉碎了高尔察克集团军主力，切断了他们通往西伯利亚的退路，五万白军投降，至此高尔察克的威胁基本解除。然而南方血战犹酣，将军征袍难解，2月小图被调到高加索方面军担任司令员，迎击顿河下游的邓尼金军队，时年不到27岁，是到苏联解体为止苏军历史上最年轻的方面军司令员。

邓尼金是高尔察克任命的副手与参谋长，名义上服从这个"最高执政"，实际是独立作战。邓尼金军队的特点是主力全为骑兵，而且大多是高加索和顿河流域能征惯战的哥萨克。与之相对应，高加索方面军也做了调整，把国内战争中最悍勇的骑兵第一集团军调了过来，图哈切夫斯基的部署是：牵制敌军主力于罗斯托克以南，以骑兵第一集团军和第十集团军急遽突击，从右翼击溃敌人并突入北高加索。

2月14—15日，步兵先动，第十集团军强渡马内奇河，会同骑兵第一军正面突破，邓尼金军调来预备队巴甫洛夫集群发起反攻，在中叶戈尔雷斯克发生了拉锯战，在这种情况下，小图命令把骑兵军精干力量集中起来，25日，突然从侧翼对敌骑兵集群发起攻击，是为苏俄国内战争中规模最大的一场骑兵遭遇战，双方参战共2.5万人。3月1日，骑兵第一军与第十集团军会合追击，夺取了叶戈尔雷斯克。

叶戈尔雷斯克战役是骑兵机动性一次淋漓尽致的表演，第一骑兵军更是纵横挥洒，光彩夺目，以至于到20世纪30年代不少将领仍然以此固守着历史经验。但是，动人的英雄传说背后，是一些并不浪漫，却具有决定性的细节，比如步兵与骑兵的战术协同：在骑兵进攻之前，步兵部队承担着突击和扫清敌人固定据点，从而破坏对方后勤的任务；进攻中为骑兵部队保障后方战线；进攻后必须有步兵对战略要地及时实施占领、构建防御，这些其实和现代装甲战争中步坦协同作战异曲同工。老骑兵军官们从胜利中看到英雄主义和勇敢精神；图哈切夫斯基等一辈年轻军人，看到的却是速度、时间、组织、侦察、通信，这些战争中无处不在的要素，在运动条件下的新特点。

1920年3月，邓尼金率残部向克里木半岛撤退，图哈切夫斯基的声誉在红军中如日中天，先被调到总参谋部，不久任命为西方面军司令员，去稳定快要崩溃的对波兰的西部战线。附带说一下小图这次的对手邓尼金将军，1920年4月流亡出国之后，他一直是海外白俄的精神领袖，卫国战争危急时号召全体俄罗斯人联合起来反对法西斯，苏联官方遂改变态度，把正式出版物上的"白匪头子"改成"爱国将领"，计划和他秘密接触。谁知战争转折来得很快，加上老邓也不吃这套，于是战后在苏联接着当他的白匪头子，1948年逝世于美国。2005年，他的遗骨回到俄罗斯安葬，此举被认为是俄罗斯全国和解的象征之一。讽刺的是，据说俄罗斯安全部门没有让他的孙子——一位退役苏军上校参加祖父的葬礼，原因是，该上校思想偏左，乃一泛红人士，怕他借此机会宣传共产主义！历史风云诡谲，哭笑不得，可见一斑。

后记：为什么写历史人物

《银英》里杨威利说：不应该拿英雄传记去教年轻人，因为那里面记载的都不是正常的生活。

这种话听着有理，而且窝心。就像小时候我妈教育我，谁谁谁跟你这么大的时候，已经怎么怎么样了。我就回嘴：那人家克林顿和你这么大的时候，已经当总统啦！

可是，仔细一想，不对，田中芳树这小鬼子说话似是而非，如果哪本书通篇写二大爷一辈子穿衣吃饭，也未必能给我带来多大安慰。历史女作家、天涯版主萧让姑娘说得好，我们不是伟人，因为我们没有他们疯狂；她还说，燕子的道路有一千条，鹰的道路只有一条。她没说，但可以被问到的是：为什么一大堆正常极了的燕子，几千年来，老是盯着那几只疯狂的鹰翅膀留下的痕迹叽叽喳喳？虽然有时我们也错认个把插着假毛的秃鹫，但总的来说，情形大致如此。

这就是人性，追求卓越，是有限的生命在无可避免的死亡面前的本能。英雄就是被我们寄托了这种本能期待的人。

怎样对待英雄，是个蛮有意思的课题。我们的文化，好像容易在舍身饲鹰和枪打出头鸟两个极端之间摇摆，不是折磨自己，就是苛待人家，而自尊之上的敬仰，平等而外的爱戴，本身就是精神生活强健而平衡的表现。

我深爱着司马迁笔下那些令懦者立、顽者兴的英雄传说，千载而下，那些有缺点有人性有血有肉的身影，仍然滋润着这个民族的元气；我愿意建议每个人，有时间的话都去读一下。

同时，我不会推荐《英雄》里无名的死法，他为了成全一个所谓被选中的人物，可歌可泣地被射成了刺猬。我觉得这歌和泣都很阴险。

这都扯到哪里去了啊，其实我只不过想说说，为什么要写一个时间与空间都与我们疏离的争议人物，为他的命运动容。

一身军装掩盖不了任何人性本质的弱点；经济、政治、社会文化的弊病，都在这个肌体上更集中更无情，而且更庸俗地表现出来，所以对那种虚妄的荣誉，我并不特别感冒。图哈切夫斯基更吸引我的是他的命运。作为将领，作为军事理论和活动家，作为艺术赞助人和小提琴手，作为文化界的朋友，作为丈夫和情人的命运。他的悲剧是传统俄罗斯文明与现代科技理想在苏联军队和政治中的双重代表，他的皈依共产主义和他扑朔迷离的悲剧性死亡，都非常值得思考、研究，并且，在历史的织体中，具有审美价值。有些人，身上有一切人。文明与历史，革命与传统，梦想与现实，人类的预言总是反噬自己，而人类的寓言却通向永恒。

图书在版编目（CIP）数据

听谁的命运在高声呼喊 ／ 孔笑微著. —上海：上海三联书店，2018.1
ISBN 978-7-5426-6095-4

Ⅰ. ①听… Ⅱ. ①孔… Ⅲ. ①随笔—作品集—中国—当代 Ⅳ.①I267.1

中国版本图书馆CIP数据核字（2017）第241705号

听谁的命运在高声呼喊

著　　者／孔笑微
责任编辑／陈启甸　朱静蔚
特约编辑／李志卿　丁敏翔　朱鑫
装帧设计／阿　龙　苗庆东
监　　制／姚军
责任校对／丁敏翔　朱鑫
出版发行／上海三联书店
　　　　　（201199）中国上海市闵行区都市路4855号2座10楼
邮购电话／021-22895557
印　　刷／山东临沂新华印刷物流集团

版　　次／2018年1月第1版
印　　次／2018年1月第1次印刷
开　　本／889×1194　1/32
字　　数／135千字
印　　张／7
书　　号／ISBN 978-7-5426-6095-4 / I·1331
定　　价／48.00元

敬启读者，如发现本书有印装质量问题，请与印刷厂联系0539-2925680。